負けない人生

古川智映子
Chieko Furukawa

潮出版社

本書は聖教新聞紙上に二〇二二年八月一日から
九月七日にかけて掲載された
「古川智映子の負けない人生」全二十回を
大幅に加筆・再構成の上、単行本化したものです。

負けない人生

目次

1 私の生きていくテーマ 10
2 わたしがいたらないから…… 14
3 「絶対に幸せになれます」 16
● 「負けない人生」のために❶…… 19
4 「ひとりを大切に」 20
● 「負けない人生」のために❷…… 27
5 前夫が入会！ 28
● 「負けない人生」のために❸…… 34
6 「あなたはペンの道で、結果を出せる人です」 35

7 「やはり小説が書きたい」 39
8 広岡浅子との出会い 42
9 見え始めた浅子像 49
10 次第に明らかになる浅子を取り巻く人物や環境 57
11 失明の危機を越えて 61
12 母を引き取りたい 68
13 上京した母が入会 71
14 『小説 土佐堀川』の発刊 74

15 「負けない、負けない、頑張れ」…… 77
●「負けない人生」のために❹…… 80
16 母との突然の別れ …… 81
17 次々襲う病気の宿業 …… 84
18 思わぬ人物とのつながり …… 87
●「負けない人生」のために❺…… 94
19 人の意志ではどうにもならないこと …… 95
●「負けない人生」のために❻…… 101
20 「あさが来た」の誕生 …… 102
21 人との関係によってもたらされる幸福 …… 107

22 何十年がかりで出せた結果――113
23 告げられた病名――117
24 大きな戦いをした後に最も大きな宿業が――120
●「負けない人生」のために❼……124
25 信心を貫けば「きっと幸せの朝が来る」――125
●「負けない人生」のために❽……130
あとがき……131

写真提供
大同生命　齋藤康一　日本女子大学

装 丁
仁川範子

本文組デザイン・DTP
水野拓央

編集協力
パラレルヴィジョン

負けない人生

1　私の生きていくテーマ

手元に一冊の本がある。本の題名は『幸福』、作家宇野千代《うのちよ》が女流文学賞を受賞（一九七一年）した表題作を含《ふく》む短編集である。

ずい分と前のこと、私は『大白蓮華《だいびゃくれんげ》』の依頼で、この作品の書評を書いた。本には七つの短編が収録してあって、「幸福」はその冒頭にあげられている作品である。

主人公の名前は一枝《かずえ》、姓《せい》は書かれていない。筆者は一枝の幸福を、いや不幸を、さらさらとした文章で綴《つづ》っている。

一枝は、夫が愛人と暮《く》らすために家を出ていったことを不幸と思わないようにした。人が不幸だと思うようなことでも、人から見たらおかしいと思われるようなことでも、不幸だとは思わないようにして生きている。自《みずか》ら幸福のかけらを拾《ひろ》い集め、身の周《まわ》りにきらきらさせながら暮らしている。

宇野千代〔1897－1996年〕（写真提供：国会図書館）

そしてこの作品の極《きわ》めつけは、「愉《たの》しい。それが一枝の生きていくテーマである」という一文である。

　人生半《なか》ばにして、私も一枝と同じ目に遭《あ》わねばならなかった。東京都内の有名私立大学で教えていた夫が女子学生と恋愛関係になり、一緒に住むために家を出て行った。でも私は一枝のように不幸と思わないようにはできずに、苦しみ抜《ぬ》いた。夫の薄給《はっきゅう》時代を共働きで支え、助教授（准教授）になり、有名設計家による家を建てることもできた。商店以外のサラリーマンなど町内では誰ひとり車を持っていない時代に、日産のブルーバードを買うこともできた。努力し、願いのほとんどが叶《かな》ったのに、そして近隣《きんりん》では仲睦《なかむつ》まじい夫婦と言われていたのに、どうしてこんなことになってしまったのであろう。

　いくら考えても結論は出ず、昼も雨戸を閉めたまま、食事もろくにせずに、家の中で息をひそめていた。そのときからもう六十年近くが経過している。しかし当時の苦しみは、いまも鮮明《せんめい》に記憶《きおく》に残っている。

「愉しい。それが一枝の生きていくテーマである」という文章を置《お》き換《か》え、「幸福になりたい。それが私の生きていくテーマである」というのが、当時の私の心境であった。この苦しみから早く脱《だっ》したいと願った。

2　わたしがいたらないから……

家を出て女子学生と一緒に暮《く》らし始めた夫は、勤務先の大学にはそのことを伏《ふ》せていた。家を新築《しんちく》して日が浅く、家には電話がまだついていなかった。当時は電話を引くための申し込みをしても、電話がつくまでにはかなりの時間がかかる時代であった。そのために、大学からの緊急《きんきゅう》連絡があるときには、電報が使われた。

春休み中に、大学から緊急の会議がある旨《むね》の電報がきたことがあった。しかし夫は、家にはいない。会議のことを知らなければ、当然無断欠席《むだんけっせき》をすることになる。

いま考えると、なんというお人好《ひとよ》しと思うのだけれど、夫に恥《はじ》をかかせまいと、私はその電報を持って夫のいるマンションまで行き、郵便受けに電報用紙を投函《とうかん》して帰ったこともあった。

一人っ子で大切に育てられ、人に裏切られたこともなく、人に意地悪をすることも知らないほど大様《おおよう》に育てられた私。突然《とつぜん》自分に降《ふ》りかかってきた人災《じんさい》にただうろたえ、なすすべを知らなかった。

夫は家を出るとき、ほんのわずかな身の周《まわ》りのものしか持っていかなかった。本棚などはそのまま、そのために本が必要になったときには、書名をメモした紙をその女子学生に渡し、自分が来ずに彼女に家に取りに来させた。気の強い妻なら、おそらく玄関《げんかん》から彼女を追い返したことであろう。でも気が弱くて意気地《いくじ》なしだった私は、それができずに彼女を家の中に入れ、書斎《しょさい》に隣接《りんせつ》したリビングにうなだれて座《すわ》っていた。帰るとき、書斎から玄関に行くのには、どうしてもリビングを通らなければならない。

「あなたがいたらないから、先生がわたしのほうに来るのよ」

彼女は帰り際《ぎわ》にそんな捨《す》て台詞《ぜりふ》を残し、勝ち誇《ほこ》ったような表情で出ていった。

何というふがいなさ、当時の私は弱虫の泣き虫、気弱で言い返すこともできずに涙を流した。そして「わたしがいたらないから、わたしがいたらないから」とつぶやいて自分を責《せ》めた。

3 「絶対に幸せになれます」

夫がいなくなって、一番困ったのは生活費のことであった。前の教員の職は長く勤《つと》めていなかったので、退職金がそう多くはなかったが、それがいつの間にか夫に持ち出されていた。ほかにもあったはずの貯金もなくなっていた。年金がつくほどの年数は勤めておらず、私には収入《しゅうにゅう》がない。近所の野原の野草などを摘《つ》んで食べたが、そうした生活を長く続けるわけにもいかず、働かなくてはならないと思った。教員の仕事は学年の途中《とちゅう》で見つからず、履歴書《りれきしょ》には大学卒業と書かずに、カレー工場の作業員やビルの清掃員《せいそういん》などをして糊口《ここう》をしのいだ。

幸せになりたいと思った。そう願えば願うほど、幸せから遠い自分を感じなければならなかった。

そんなある日、知り合いの母娘から、信心の話を聞いた。

「この信心をすれば、宿命転換《しゅくめいてんかん》できて、絶対に幸せになれます」

三十二歳になるまで、私は創価学会のことを聞いたこともなかったし、何ひとつ知らなかった。

「この世の中に、人は必ず死ぬという以外、絶対と言えることなどあるのでしょうか」

「この信心だけは絶対なのです。必ず幸せになれます。幸せになりましょう」

初めて聞く話には戸惑《とまど》いがあった。反対はしなかったけれど、少し考え込んでしまった。

母娘が繰《く》り返《かえ》し語った「必ず幸せになれます」という言葉が心に響《ひび》いた。

私はこれまでいい家庭を築《きず》こうと努力を惜《お》しまなかった。それが最後にどんでん返しになってしまった。これからは、その幸せになれるという信心を基準にして生きてみよう。そんな気持ちが萌《きざ》して、私はその日のうちに入会を決意した。

一九六五年（昭和四十年）二月二十三日、私の新生《しんせい》の、蘇生《そせい》の一ページが開かれる記念すべき日となった。

悲しかったので、母娘から言われるとおりに信心に励《はげ》んだ。勤行をし、題目をあげた。

題目をあげると、沈《しず》んでいた心が明るくなる。爽《さわ》やかな気持ちになり、しかも生きようという勇気が湧《わ》いた。題目には力があると実感した。誰に教えられたわけでもなく、自分でつかんだ体験であった。それからは、題目をあげて、あげて、またあげた。夏は汗をかく。仏壇の前の畳《たたみ》に両ひざの跡がつき、畳にくぼみが出来るほどに座って題目をあげ抜いた。

題目をあげると、沈《しず》んでいた心が明るくなる。
爽《さわ》やかな気持ちになり、
しかも生きようという勇気が湧《わ》いた。
題目には力があると実感した。
誰に教えられたわけでもなく、
自分でつかんだ体験であった。
それからは、題目をあげて、あげて、またあげた。

4 「ひとりを大切に」

二年後、正式に離婚《りこん》して、東京都内の私立女子高校に就職することができた。私が就職した高校は、そんなにレベルが高くはなく、問題を起こして職員会議にかけられる生徒が少なからずいた。初めて担任をしたクラスに古田俊子《ふるたとしこ》さん（仮名）という生徒がいて、彼女は時々無断欠席をした。そのうちに、まったく登校しなくなった。他の生徒からいじめにあっているという情報が入った。

放課後、私は古田さんの家を訪問した。学校の近くに住んでいて、十数分も歩けば古田さんの家に着く。

「ごめんください」

「はい、だれ？」

「担任の古川です」

返事があったのに、一向《いっこう》に玄関《げんかん》の戸が開く気配がない。

「もし、もし」

確かに中には人がいる。古田さんは母親と二人暮らし、母親は昼夜にわたって働いているという。とすれば、声は古田さん自身のはずである。

「もし、もし、古田さん、俊ちゃんでしょう」

「会い、たく、ありません」

だいぶ経《た》ってから、返事があった。

「どうして？　先生はどうしても会って、俊ちゃんのお話聞きたいわ」

私は、生徒を姓《せい》ではなく、時には名前で呼ぶ。厳しい校長先生にわかるとお叱《しか》りを受けると思うが、名前で呼ぶと相手も親近感を持ってくれる。親しく名前で呼び、そっと肩に手を置くと、明らかに生徒の表情が変わって身を寄せてくる。自分が苦労した分、少しは人の心が読めるようになったらしい。

しかし名前を呼んでも、古田さんにはこの方法が通じなかった。この日は諦《あきら》めて帰った。

母親の仕事が休みの日曜日に、学校に来てもらった。話し合いをし、母親からはとにかく学校に行かせますから、という言質《げんち》をもらった。やつれ切った母親の姿に接すると、こちらもあまり強いことは言えなかった。

教師は、当然のことながら、知識のみの伝達者になってはならない。生徒が人間として成長できる教育、それが本物の教育ではなかろうかと思う。

古田さんは苦しんでいる。少なくとも楽しい暮らしはしていない。古田さんは不幸なのだ。私は、彼女が幸せな気持ちになれるように努力しなければならないと思った。ここから、古田さんと私との根競《こんくら》べが始まることになる。古田さんの幸せを祈り、教師として自分の限界に挑戦《ちょうせん》してみよう。まさに戦いの始まりであった。

かつてはうなだれ、人生を嘆《なげ》いていた私が、人のために祈り、尽《つ》くせるようになった。すべては師匠から、そして創価学会の諸先輩から教えていただいた生き方である。

私は、それから空き時間や放課後の時間を利用して、たびたび古田さんの家に通った。

「古田さん、古田さん」

何度通っても返事はなかった。でも玄関の横にある古田さんの部屋からは、時にはかすかにラジオらしい音楽が聞こえてくることもあった。確かに古田さんは部屋にいる。初めて行った日には返事をしてくれたのに、そのうち返事もしなくなった。

「古田さん、今日はね、先生のうちの庭に、菊の花が咲いたから持ってきたわよ。花瓶《かびん》にさしてね」

時にはそう言って、玄関ドアのノブに花の入った袋を下げて帰ってきた。

私のふるさと弘前《ひろさき》市はりんごの名産地なので、知り合いからよくりんごの贈り物があった。

「俊ちゃん、先生のふるさとのりんごよ。おいしいから食べてね」

さらりと言って、玄関ドアのノブにかけて帰ったこともあった。

通う度数が重なったある日、私は校長室に呼び出された。

「古川先生、先生は担任のクラスの生徒の家にずい分と通っているそうですね」

「はい、不登校の生徒がいまして、その生徒の家に通っています」

「あなたが見なければならない生徒はひとりだけではないはずです。クラスのほかの生徒はどうなりますか。ひとりだけにかかずらうのはやめてほしいな」

私は返答につまった。

創価学会では、「ひとりを大切に」「ひとりのために」と教えられていた。師匠のご指導である。不幸なひとりのために心を砕《くだ》く。ひとりの人の幸福を願い、そこから万波《ばんぱ》を広げていく。

しかし校長先生からの叱責《しっせき》の言葉は、これに反しているようにも思われた。クラスの他の生徒たちに対して、決して手抜きをしたつもりはない。

「わかりました」

そう簡潔《かんけつ》に答えて、私は校長室を後にした。校長先生の言葉だけを理解したという意味であって、もう行かないと約束した返事ではない。私は勝手にそう思い込むことにした。でも、訪問の回数を少しは減らさなくてはならない。

だいぶ間をおいて、また古田さんの家に行った。

「古田さん、どうしてる？　元気でいるの？」

今日も駄目《だめ》かと思ったとき、部屋の窓にかすかに人の動く気配がした。窓が開いた。

「先生、ごめん、なさい」

そこには、目にいっぱい涙をためて立っている古田さんの姿があった。

「ごめんなさいって、あなた何も悪いことしてないでしょ。悪いのは、いじめたほうよ。ごめんなさいって言うことなんかない。ドア、開けてくれる？」

古田さんはドアを開けると、わっと泣いて私に抱きついた。

「中に入れてね。さあ、中に入りましょう」

私は、意地悪をした生徒と、よくよく話し合ったこと、その生徒が深く反省して、今後は決してしないと誓《ちか》ったことなどを話した。

「大丈夫、もう誰もあなたをいじめたりなんかしない。意地悪したら、わたしが許さない。どう、明日から学校へ来られるかな？」

古田さんは、大きく頷《うなず》いた。

次の日、古田さんは登校した。私は、クラスの皆から信頼されているリーダー格の生徒に頼み、そのグループに古田さんを入れてもらった。日増しに古田さんの表情が明るくなった。

　くじけそうになる自分に、とうとう勝つことができた。実はこれは、自分との戦いであった。そして古田さん親子は、私の紹介で創価学会に入会した。同僚《どうりょう》の先生方二人も、私の紹介で入会した。

「負けない人生」のために❷

かつてはうなだれ、人生を嘆《なげ》いていた私が、
人のために祈り、尽《つ》くせるようになった。
すべては師匠から、そして創価学会の諸先輩から
教えていただいた生き方である。

5　前夫が入会！

離婚《りこん》後に、思いがけず別れた前夫から電話があった。

「どうしても会いたい。会ってもらえないかな」

「どうして、なぜ？」

「一回きりでもいい。君に会って、お詫《わ》びをしたい。会って話をしたい」

慰謝料《いしゃりょう》も請求せずに離婚をした。お詫びとはそんな話でもあろうか。もしそういう話だったら、たとえ一円でももらう気はない。

友人たちからは、「当然の権利だから、相手の女子学生にも慰謝料を請求しなさい」と言われた。でも私は、向こうとつながっている間は苦しむ、とにかく早く縁をきりたい、そんな思いでいっぱいだった。友人のひとりは、

「弁護士がやってくれるから、大丈夫よ。あんた、バカじゃないの。お金、とりなさいよ」

とも言った。しかし私は、たとえ貧乏《びんぼう》をしても、あの人たちからはお金はもらわないと決めていた。お金で解決しようとすること自体が、嫌いだった。

突然の前夫からの電話に、

「どうして、なぜ？　わたしのほうでは、話すことなどありません」

と答えた。

何をいまさらという気持ちがあった。ひとりで生きていこう。信心を根幹にして生きていこうと、苦しみの果てにきっぱりと決めていた。

「もし会ってくれなければ、そちらへ行く。本当はもう駅前の公衆電話のボックスからかけてるんだけど。これから家へ行くから」

何という驚き、前夫は家の近所まで来て、電話をしていたのである。

「別れた人が、また家に出入りしているのを近所の人が見たら、どう思うかしら。口の端《は》にのぼって噂《うわさ》されるだけでしょう。これ以上わたしを困らせないで」

「それじゃ、今日はここから帰る。外でいいから、一度会って」

私は、前夫に家に来られるのだけは避《さ》けたいと思った。

「そこまで言うのなら、外で一度だけ会いましょう」

「前に二人で行ったことのある池袋駅前の喫茶店で。あそこでもいいかな。次の日曜日にどう？」

「わかりました。午後二時ね。それじゃ」

そういう返事をして電話を切った。前夫を家にだけは入れたくなかった。

次の日曜日に、複雑な気持ちのまま、私は指定の喫茶店に向かった。前夫は、すでに来て待っていた。

「どう、元気でいる？」

元気なわけはないでしょ、あなたとあなたの恋人に、どんなにつらい目に遭《あ》わされたことか。そう思ったけれど、私は言葉にはしなかった。何を話したらいいのかと、電話をもらってから考え、信心の話だけをして帰ろうと決めていた。もう二度と会いたくない、とさえ思っていた。

前夫の優柔《ゆうじゅう》不断《ふだん》な性格を考え、こちらがいい顔をすれば、前夫は揺らいで二《ふた》股《また》をかけることにもなりかねないという予感があった。前夫は、いよいよ離婚が成立しようとしたときに、「もう少し我慢して待ってくれ、家に帰りたい気持ちはある」と言った。その言葉に従っていたら、さらに不幸になると思い、私は離婚を決断した。

「わたし、創価学会に入りました」

「ほう」

「いい信心だと思います。幸せになりたいので」

夫はいろいろと話しかけてきたが、それにはいっさい応ぜずに、ひたすら信心のこと、創価学会のことを話した、入会してから日が浅かった。でもこれまでに知り得たこと、感じたことを懸命《けんめい》に話した。自分だけがしゃべり、前夫が何の話があって自分を呼び出したのか、そんなことは聞かずじまいであった。

「そんなに、いい信心なの？」

「はい、一生この信心は続けます」

「そうか。そんなにいい信心なら、僕もやってみようかな」

冗談《じょうだん》もほどほどにと思い、怒りの念が萌《きざ》した。

「いい加減なこと言わないでください」

「やりたい。僕のようなものでも、創価学会に入れるかな」

信心の話をすれば、前夫はきっとあきれて、もう会いたいなどと言ってこなくなるであろう。

その予想は大逆転、考えてもいないことが起こった。私は、自分の耳を疑《うたが》った。

「え、ほんとに？　ほんとにそう思うの？」

「あんたの言うことなら信用できる。僕も、創価学会に入りましょう」

あまりにも抵抗がなく、私は真意をはかりかねた。しかし、その表情には嘘《うそ》がないように見えた。

前夫は、その日のうちに入会を決意し、御本尊様をいただくことができた。

再婚した妻のいる家に、前妻が連絡に通うわけにはいかない。地元の壮年部が責任をもって面倒を見てくれることになり、私は信頼できる壮年部の方に一任した。

前夫は大学で哲学を教えていた。公費でのドイツ留学を目指していたが、それまでなかなか決まらなかった。

「ドイツ留学が決まった。信心のおかげかな」

入会してから間もなく、弾《はず》んだ声で前夫からの電話があった。

そして留学先からは、時どき手紙や葉書が来るようになった。御本尊様を留学先の下宿の部屋にご安置《あんち》し、毎日勤行と唱題をしているという手紙は、私にとっては嬉《うれ》しいことであった。大学の休みにはイタリア旅行をしていると、ピサの斜塔の絵葉書を送ってきたこともある。

帰国後は、教授に昇任したこと、男の子が生まれて、その子につけた名前などの報《しら》せがあった。私は壮年部に一任したので、前夫からの連絡を受けても、自分の方からは電話をしない、近づかないと決めていた。年月を重ね、お互いに引っ越しをしたりして、少しずつ疎遠《そえん》になっていった。

「負けない人生」のために❸

創価学会では
「ひとりを大切に」「ひとりのために」と
教えられていた。師匠のご指導である。
不幸なひとりのために心を砕《くだ》く。
ひとりの人の幸福を願い、
そこから万波《ばんぱ》を広げていく。

6 「あなたはペンの道で、結果を出せる人です」

創価学会教育部（当時）の部員となり、『実践の教育』という雑誌の編集メンバーに選ばれた。その雑誌に初めて童話を書いたのがきっかけとなって、後に小説を書くようになる。

東京で教育部の全国総会が開催され、そこで女性教師を代表し「これからの児童文学」という題で研究発表をした。取材に来ていた聖教新聞の記者さんから「今の発表を聖教新聞に載《の》せたいと思うので、数枚の原稿にまとめてください」とのお話があった。

研究発表と同じ題名の原稿が、写真つきで聖教新聞に掲載《けいさい》された。ご覧くださった池田先生から温《あたた》かな激励をいただいた。

その時から、原稿執筆依頼が次々と入るようになり、昼は高校教師、夜は深夜にいたるまで執筆の日々が続いた。

池田先生からご指導をいただく機会にも恵まれた。

「この仏法は、必ず結果を出せます」

「あなたはペンの道で、結果を出せる人です」

そのお言葉に、私はこうしてはいられない、必ず結果を出さなければならないと固く決意をした。

童話を卒業し、大人の小説を書いてみたいと願っていた私は、学校を辞めて小説の勉強をしようと思った。貯金のある限り勉強し、なくなったらまた働けばいい。生徒たちのことを考えると、後ろ髪をひかれる思いがあったが、私は五年間勤務した高校に退職願を提出して職場を去った。

大人の小説を書いてみたい。でも何をどう書けばいいのかわからない。私は、勉強をしなければならないと思い、有名作家の小説についての評論などを読み始めた。初めに、川端康成《かわばたやすなり》の『新文章讀本《どくほん》』を読んでみた。

「作者にとって文章は命である」、「文章はペンで書くものではなく、命の筆先に血をつけて描く……」、また「金脈を発掘する日まで、書きに書くこと……その

川端康成〔1899－1972年〕
（写真提供：国会図書館）

三島由紀夫〔1925－1970年〕
（写真提供：ユニフォトプレス）

不屈《ふくつ》の魂《たましい》が文章上達の第一の要素」などと書いてあった。小説を書くのは、こんなにも大変なことなのだと思った。さらに文章の第一条件は「簡潔《かんけつ》、平明《へいめい》」とも述べていた。川端康成の小説の文章は、確かに平易《へいい》であり、素直《すなお》であって読みやすい。

　他の作家の文章にも、思いを巡《めぐ》らせた。例えば三島由紀夫は、川端康成の文章とはその対極にあると言ってもいい。川端は簡潔さなどのほかに「耳で聞いて解《わか》る文章をかくこと」を主張する。三島の文章には、実に多くの修辞《しゅうじ》が用いられ、凝《こ》っていて読みづらい。従って、耳で聞いたときにも、わかりにくくて難しく感じてしまう。

7　「やはり小説が書きたい」

川端《かわばた》が述べるように、文章は書く人の命、文章にはその人の命が反映されると思った。

次には、林芙美子《ふみこ》著の『創作ノート』を読んだ。『放浪記』でデビューし、小説には単に自分の体験を書いていると思いきや、その後の作品は構成や人物像が緻密《ちみつ》に練《ね》られ、主人公の顔や眼の表情まで絵に描いてあった。評論家小林秀雄の〝説明を書くんじゃない。魂《たましい》のことを書くんだよ〟という言葉にも胸打たれた。

そして自分は何を書くのか。自信はなかった。東京女子大学で同期だった有吉《ありよし》佐和子《さわこ》はもう大作家になっている。やはり同期の脚本家大藪郁子《おおやぶいくこ》も活躍していた。永井路子《みちこ》、瀬戸内《せとうち》晴美（後の寂聴《じゃくちょう》）、髙樹《たかぎ》のぶ子、植松三十里《みどり》の諸氏も同窓である。私などかなうはずもない。

私は、もう一人の自分に問いかけた。

「それでは、あなたは小説を書くのを諦《あきら》めますか」

「私、やはり小説が書きたい。諦めたくありません」

才能がないと知りながら、思いだけが先行して小説の執筆を志《こころざ》している。自問自答は続いた。

「どうしてですか。これからの出発では遅すぎませんか」

「私は家庭が破綻《はたん》し、大変な苦労をしました。そのとき私は、これまでに生きた多くの日本女性の生き方について考えてみました。困難に打ち克《か》って生を全《まっと》うした女性もいると思います。できればそうした人を小説に書いてみたいのです。つまり、自分の生きる糧《かて》として書きたいのかもしれません」

もう一人の自分に、私はそう答えた。

事実、私は女性の生き方に興味を持つようになっていた。そして『近代日本の女性史』の全集や『女の一生　人物近代女性史』の全集などを買い込んでいた。それらを参考にしてみたら何かヒントをつかめるかもしれない。

林芙美子〔1903－1951年〕（写真提供：国会図書館）

8　広岡浅子との出会い

私が買い求めた女性史関係の全集には、日本の実在した多くの女性たちが取り上げられて書かれていた。『近代日本の女性史』という全集は十二巻まであって、一回読み通すだけでも、かなりの時間と根気がいる。

私は自分を、どちらかと言えば、創作能力を必要とする小説よりも、こつこつと勉強して論文を書く学問のほうに向いていると思っている。

作家は自分の才能だけでオリジナルの小説を書くタイプと、資料を駆使《くし》して調べて書くタイプとにわかれる。

才能や自力で書く作家は、行き詰まって自裁《じさい》（自殺）したりする。私は調べるのが好きなので、小説を書く前にずい分時間をかけてしまう。調べて知識を得るのが面白くなって、道草を食ってしまう。その性格が出て、女性史の本もかなりの時間をとって、丁寧《ていねい》に読んだ。

芸道に生きた女性たち、事業で成功した女性たち、自由や平等を叫《さけ》んだ女性たち、文芸復興の才女たち、恋に燃え、愛に生きた女性たち、とくに異例なのは男への愛憎に泣き、犯罪者となった女まで取り上げていることであった。

著名な女性の作家や評論家たちが、一人ずつの女性を担当して書いていた。

女性の生き方に関心のある私は、それらの女性の中から、自分の執筆のためのヒントを得ようと思った。しかし多くの女性が書かれているのに、すでに知られている女性が多く、あまり新鮮味が感じられない。変わり種の犯罪者の女を主人公にして書く気などは、さらさらない。もし書くとすれば、これまでにあまり知られていない、苦労を重ねながら困難に負けずに生きた女性、そんな人を書いてみたかった。それは小説を書くことによって、自分もそうした生き方が出来るようにと、そんな願いが込められていたからである。

折しも、高群逸枝《たかむれいつえ》という女性史研究家の書いた『大日本女性人名辞書』という本の復刻版が発売されたので、さっそく買い求めた。著名な日本女性約二千人を取り上げて解説した七百ページ近い分厚い本である。それを片端から読んでいった。四四四ページに広岡浅子《ひろおかあさこ》という人の項目があり、二段組みの本にわずか十四行だけ書いてある。

　京都の豪商三井《みつい》家に生まれ、十七歳で大坂（大阪）の両替商加島屋《かじまや》に嫁《とつ》いだ。数多く書かれている中で私は広岡浅子に惹《ひ》かれ、もっと知りたいと思った。浅子は嫁《か》してから二年後に明治維新に遭遇《そうぐう》している。諸藩への莫大《ばくだい》な貸付金は回収不能となり、大坂の他の両替商は次々と倒産していった。楽天家の夫に代わり、これからの石炭の需要を見込んだ浅子は、鉱山の経営を思いつく。

「時に坑夫等と起臥《きが》を共にし、常にピストルを携行《けいこう》したといふ」（『大日本女性人名辞書』厚生閣）という一文には衝撃を受けた。

　良家に生まれ、苦労知らずに育てられたであろう女性が、荒くれ男どもと一緒に鉱山に入り、護身用のピストルを懐中《かいちゅう》して働く。この劇的な行動には驚かされ、この人のことを書いてみたいと思うようになった。『大日本女性人名辞書』には「実業家」と書いてあった。つまり、女性の実業家ということになる。

　私は女商人としては、大浦慶《おおうらけい》という女性のことを知っていた。大浦慶は、坂本

「広岡浅子」の記述を見つけた
高群逸枝著『大日本女性人名辞書』
1936年（昭和11年）10月発行

龍馬《りょうま》との関係において知られている。慶は長崎の女茶商で嬉野茶《うれしのちゃ》を商《あきな》い、膨大《ぼうだい》な量の日本茶を輸出した。そして商売の利益を、坂本龍馬の亀山社中《かめやましゃちゅう》や勤王《きんのう》の志士たちへの支援にあてた。

　これによって慶の名は残ったが、最後は詐欺《さぎ》に遭《あ》って莫大《ばくだい》な借金を抱え、返済はしたものの、五十七歳で淋《さび》しい生涯を閉じている。

　しかし身を捨てて、家再興のために尽力した広岡浅子には及ばないような気がした。書くとすれば、やはり広岡浅子しかいないと思った。

　しかし『大日本女性人名辞書』以外の手がかりはまったくなかった。

『大日本女性人名辞書』に書いてあった広岡浅子という女性の名前は、他の女性史関係の本を探してもどれにもなかった。

　資料を求め、国立国会図書館にも行ってみた。読書室では多くの青年たちが黙々と本を読んでいた。その向学心あふれる姿に、私も頑張らなくてはと思った。何回か行っても、浅子についての資料は発見できなかった。

　その帰途、永田町駅の長いエスカレーターでホームに降りようとしたとき、突

京都から大坂へ。広岡浅子は17歳で商家 加島屋の次男・広岡信五郎のもとへ嫁ぐ（写真提供：大同生命）

広岡浅子〔1849－1919年〕
（写真提供：大同生命）

土佐堀川沿いにあった加島屋本宅（明治30年頃）。浅子の実業家としての人生はここから始まった
（写真提供：大同生命）

然恐怖心に襲《おそ》われ、気分が悪くなった。震《ふる》える脚《あし》でやっとホームに降り、少し時間をおいて電車に乗ったところ、今度は息が詰まって次の駅で降りてしまった。その日は、電車に乗ったり降りたりしながら、やっとのことで家にたどりついた。

その後、外に出るのが怖くなって、家に閉じこもるようになった。学会の会合では一番後ろの、いつでも会場から出られるような場所に座った。出かけると、足がふわふわ浮くようで不安になる。近所のクリニックで自律神経失調症との診断がくだされ、かなり重く、その症状に苦しむ日々が続いた。

しかし一年有余の治療を受けて完治することができ、浅子の調査を再開した。

9 見え始めた浅子像

病気の間も、ずっと浅子のことを考えていた。そして三井《みつい》十一家の資料が収集されている三井文庫に行けばわかるかもしれないと思い、東京中野の三井文庫に行き十一家の中の三井出水《でみず》家、つまり浅子の生家の資料を出してもらって目を通した。三井十一家には、それぞれ住んでいる町の名前がついている。

苦労の末に、広岡浅子の四文字を発見したときの喜びは、今も忘れることができない。しかし喜びはすぐに失望に変わった。というのは、加島屋《かじまや》広岡家に嫁《か》してからの記録は、三井家の資料からは見つけることができなかったからである。

たまたま「明治・大正を生きた15人の女たち」という雑誌が目に入り、思いがけずその中に広岡浅子の名前があった。書き手は経済小説などを書いておられる作家の邦光《くにみつ》史郎《しろう》先生、私はお手紙を差し上げ、京都真如堂《しんにょどう》（真正極楽寺《しんしょうごくらくじ》）近くの先生のお宅に伺った。浅子が大同生命の創業に関わったことなどを教えていただいた。

私は、さっそく大同生命大阪本社にコンタクトを取ってみた。一介の無名の物書きに大同生命が対応してくれるかどうかが心配であった。でも取材の許可をとることができ、私は新幹線には乗らずに長距離バスで大阪に向かった。勤務先の高校を辞めて背水《はいすい》の陣《じん》を敷いたので、少しのお金も無駄《むだ》にはできないのであった。

貯金を取り崩しての取材だったので、贅沢《ぜいたく》はできない。大阪では長居《ながい》ユースホステルに宿泊した。長居陸上競技場（当時）のバックスタンドの後ろの空間を利用してつくられた宿泊所で、当時は一泊八〇〇円で泊まることができた。朝食はあんぱん一個と自動販売機で買った牛乳パック、それを洗面所に立ったままで食べた。共同部屋なので室内での飲食は禁じられている。

さっそく加島屋跡地に建てられた大同生命本社に向かった。大阪本社は土佐堀《とさぼり》川の河畔《かはん》にある。おそらくこの川を浅子も眺めて暮《く》らしたのであろうと思い、感無量の気持ちになった。

取材に伺った当時は、現在のビルではなくウィリアム・メレル・ヴォーリズの

1925年(大正14年)に建てられた大同生命ビルディング〔旧肥後橋本社ビル〕
(写真提供：大同生命)

設計で一九二五年（大正十四年）に竣工《しゅんこう》した建物であった。設計の途中で関東大震災があり、耐震強度への配慮、エレベーターや空調などの設備が考慮されて、大阪では屈指の頑丈《がんじょう》なビルとなった。

　大阪本社では専務取締役のＦ氏が待っていて、丁寧《ていねい》に応対してくださった。その応対ぶりから、この会社は人を大切にするいい会社なのだと感じて嬉《うれ》しく思った。普段は施錠《せじょう》されている記念館を開けて見せてくださって、中にある加島屋の大福帳《だいふくちょう》やそろばん、その他多くの展示物を見学し、往時の繁盛した加島屋の商《あきな》いを想像することができた。

『大同生命七十年史』という本もいただき、めくってみると大同生命の創立当時のことなどがいろいろと書いてある。この本を背景に浅子の実業家としての一面も書けると思い、浅子像が少しずつ鮮明になっていくのを感じた。

　そして大同生命では、浅子が日本女子大学の創立や、女性の地位向上のためにも尽力したことを教えていただいた。

　大同生命のＦ専務は、ほかにも取材の協力をしてくださった。

浅子とその家族。前列左から２人目が浅子。同５人目が娘・亀子。
後列右から２人目が娘婿の恵三。浅子の左側は亀子の長女・多恵子
（写真提供：大同生命）

「わざわざ遠くからいらしたのですから、できるだけお役に立ちたいと思います。実は広岡家の子孫が、西宮市（兵庫県）の雲井町《くもいちょう》に住んでいるのですよ。取材ができるように連絡してあげましょう」

Ｆ専務の言葉に、私は小躍《こおど》りしそうになった。

「お願いいたします。ぜひ、ぜひとも、何という幸運でしょう。ありがとうございます」

雲井町の広岡家は、六甲山《ろっこうさん》のふもとのなだらかな坂道の途中に建っていて、豪商の子孫にふさわしい立派な邸宅であった。

取材に伺った雲井町の広岡家では、大同生命四代目の社長だった松三郎氏は亡くなっていたが、夫人の貞子さん（国連大使沢田廉三氏の令妹）がご健在で、浅子の写真など数々の資料を見せていただいて多くの収穫を得ることができた。

さらに加島屋本家の子孫が芦屋《あしや》のマンションに居住していると聞き、そちらにも伺った。マンションの一室には古い長持《ながもち》が大切に保管されていた。中身は各藩への貸付金の借用書である。上質な和紙なので、虫に食われたものもあったが、

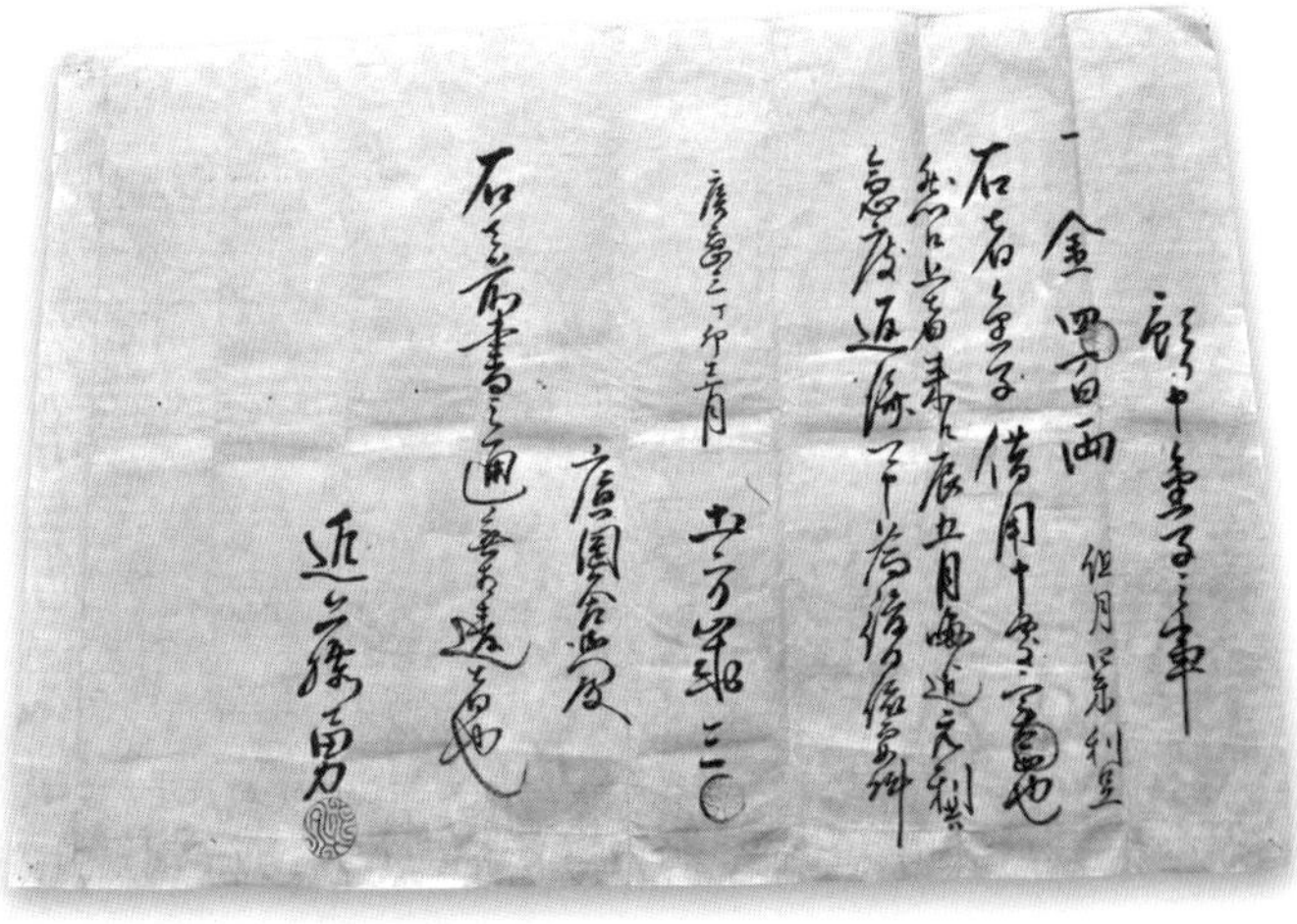
一 金四百両

慶応三丁卯十二月

土方歳三

近藤勇

土方歳三と近藤勇の署名がある新選組の借用書
（大同生命所蔵）

大かたは損《そこ》なわれずに残っていた。どれも幕府の大政奉還《たいせいほうかん》の政変により貸付金は焦《こ》げ付いて、反古《ほご》同然になった証文ばかりである。返済期限は五十年年賦《ねんぷ》、ずい分と長きにわたるものが多い。神かけて返済すると神札まで貼り付けた借用書もあって、各藩がいかに財政困難に陥《おちい》っていたかがよくわかった。

　多くの借用書の中には新選組のものもあって、四百両、現在の金額で二千万円もの借金をしている。近藤勇《いさみ》と土方歳三《ひじかたとしぞう》の署名を見たとき、急に歴史が身近に感じられ、許しを得て二人の自筆の名前の上をそっとさわってみた。人は死んでも、借用書は歴史の遺産物として残っている。そう考えたとき、私は歴史小説の執筆を志《こころざ》したことの僥倖《ぎょうこう》をしみじみと思った。それらは今、貴重な資料として大同生命に保管されている。

さらに浅子の娘、亀子の長女の生存もわかった。国際基督《キリスト》教大学の教授夫人になった神田多恵子《たえこ》さんである。神田さんは、浅子の正孫である。大阪の取材から埼玉に帰り、さっそく神田さんに電話連絡をして、渋谷のハチ公銅像の前で会う約束を取り付けた。

約束の日に会った途端、白髪の多恵子さんが晩年の浅子に似ているのに驚かされた。とは言っても、浅子は写真でしか見たことがないのだけれど。駅前の喫茶店でお話を聞いている間、まるで浅子に会っているような気がして心が躍った。

10 次第に明らかになる浅子を取り巻く人物や環境

後日、浅子の孫の神田多恵子《たえこ》さんは、自分が相続した御殿場二《ごてんばに》の岡《おか》の別荘に、私を連れて行ってくださった。別荘の建物は、富士山が手にとるように近くに見える場所にあった。三千坪という広大な敷地の庭にはすべて芝生《しばふ》が敷き詰められ、簡素な二階家が建っていた。左官工事はなく、家の外観も内壁もすべて板張りである。檜《ひのき》の一等の木材を使った建築であった。

さんさんと陽光が降り注《そそ》ぐ広い庭の中心にはポツンと一本柘植《つげ》の大樹が傘《かさ》を広げた形で立っていて、柘植のほかにはまったく植樹がなかった。この珍しい風景を、私はそのまま小説に使うことにした。

多恵子さんのお話から、ここで浅子が若い女性たちのために夏期講習会を開いたこと、そして講習会に参加したメンバーのひとり、竹内さくさんが健在であることを知り、竹内さんに会うためにまた大阪に向かった。竹内さんは知性あふれるお元気な方で、当時大学で家政学の教鞭《きょうべん》をとっておられた。

浅子が幼少のころ、庭の築山《つきやま》で蛇《へび》をつかまえ、それをおもちゃにして遊んだこと、髷《まげ》を乱して母親に叱《しか》られ、根元からばっさりと切ったことなどは竹内さんから聞いたお話である。

夏期講習会には、後に参議院議員になった市川房枝《ふさえ》も参加したという。また日本最初の女性新聞記者である小橋三四子《こばしみよこ》や村岡花子も参加したことを知った。こうして浅子を取り巻く人物や環境が次第に明らかになり、執筆の準備に拍車がかかった。

次に背景として、小説にはどうしても日本の経済を書き込まなくてはならない。浅子が活躍したのは、日本経済史の中で、最《もっと》も急激な変化のあった時代である。国立国会図書館に行き、江戸時代末期から明治大正にかけての経済関係の本を探すことにした。

現在は、家にいてもインターネットで国会図書館の本を検索することができる。持ち出し禁止という条件付きで、居住地の図書館に送ってもらって読むこと

“教え子たち” に囲まれる浅子（前列左から２人目）。
浅子の右隣は村岡花子　（写真提供：日本女子大学）

もできる。しかし当時は電子時代以前のことで、永田町の国会図書館まで出かけ、箱の中の書名カードを一枚ずつめくって探さねばならなかった。閲覧《えつらん》カードをめくっていくと、宮本又次《またじ》という学者が多くの関係書を著《あらわ》しているのがわかった。大阪大学の名誉教授でもあった宮本又次先生には『豪商 日本の町人』『大阪商人太平記』など、膨大《ぼうだい》な数の著作がある。

先生にお手紙を差し上げて大阪府箕面市《みのおし》のお宅に伺い、浅子の時代の経済事情や貨幣の変化などについて数々のご教示をいただいた。こうして集めた資料は机の上から床にまで広がり、私は経済という不得手な分野での勉強に励《はげ》まねばならなかった。

11 失明の危機を越えて

これまでは浅子を知るために実家の三井《みつい》家のこと、そして加島屋《かじまや》の子孫などを探して調べ、周辺からの資料集めに奔走《ほんそう》した。しかし一番大切なのは、小説の主人公である浅子自身の考えや行動をしっかりと把握《はあく》することである。

幸いにも晩年の浅子は、手がかりになるような著作物を少なからず残している。おそらく雑誌などに掲載《けいさい》されたエッセイなどがなかったら、『小説 土佐堀《とさぼり》川』は書けなかったかもしれない。

浅子は女婿《じょせい》（娘婿《むすめむこ》）の恵三に事業を譲《ゆず》って第一線を退《ひ》き、日本女子大学の創立に尽力するかたわら、雑誌社などからの原稿依頼に応じてエッセイを書いた。当時の資料となる著作のほとんどが、日本女子大学に保存されていることを知り、友人の女性教授を通してお願いし、借りて目を通すことができた。

やはり、当人が書いた資料にまさるものはない。文章にはその人の考えや生き方が如実《にょじつ》に表れる。特に浅子の場合、その主張は率直《そっちょく》で明瞭《めいりょう》であり、浅子の人間像を書くのに大いに役立った。

エッセイが掲載された雑誌は、大別して三つの分野にわかれる。第一には日本女子大学関係のもので、『学報』や『家庭週報』そして『桜楓会《おうふうかい》通信』、第二にはジャーナリズム関係で、『婦人週報』や『婦女新聞』、第三にキリスト教関係の発行誌『婦人新報』などである。

これらの雑誌に発表された浅子の主張は驚くほど先進的であり、現在でも通用する斬新《ざんしん》な意見であった。例えば「小我《しょうが》と真我《しんが》」について、「小我」とは自分のこと、「真我」は自分を越えた大局的なもの、つまり社会や国、小さな自分にこだわってエゴを通し、大局的な視点を失ったときには行き詰まる。人間は人のために、そして社会のためになる生き方をしなければならない。

また浅子が主張した「九転十起《きゅうてんじゅっき》」とは、転んでも、転んでも、起き上がる。人が七転び八起きなら、自分は九つ転び十起き、という浅子の並々ならぬ決意、意志の強さ、負けん気を表している。

日本女子大学校創立時の大学部校舎　（写真提供：日本女子大学）

女性の夜明け前とも言われる時代に、浅子はすでにより大きな視点に立って物事を考えていた。さらに、成功するためには活力を持った人間になれという「活力主義」、女性は数字に強くなれなどと、矢継《やつ》ぎ早《ばや》に自《みずか》らの主張を文章にして雑誌などに発表していた。

また浅子には『一週一信』という題の単行本がある。これは、日本初の女性記者といわれている小橋三四子《こばしみよこ》が創立した婦人週報社から発刊されている。浅子が「九転十起生」のペンネームで雑誌などに連載したものが、小橋によって単行本として出版されたものである。

『一週一信』には浅子の生い立ちなども書かれていて、浅子像を描くための一番の手がかりになった。負けん気、商売に必要な先見の明、男性以上の胆力《たんりょく》、数字に強いこと、そして率直な物言い、ずば抜けた行動力など、浅子のエッセイの中から浅子像の要素を拾い上げて文章化し、背景に日本の歴史や経済の変遷《へんせん》などを書き込みたいと思った。

その矢先、目に違和感があり、眼科医の診察を受けた。今度は目の病気であっ

小橋三四子〔1883－1922年〕
（写真提供：日本女子大学）

た。子宮筋腫《きんしゅ》の手術、自律神経失調症、そして目、前よりも厄介《やっかい》な病名が眼科医から告げられた。緑内障《りょくないしょう》という診断が下された。病気という宿業《しゅくごう》の嵐は、一度では終わらない。何度でもやってくると思った。緑内障は、当時の医学では完治は難しいと言われていた。手術をしても進行を遅らせるだけだと言った人もいる。万事休す。どうしてこうも次々と、と怯《ひる》む気持ちがあった。目薬の効果はすぐには現れずに、眼圧は基準値まで下がらない。私はいけないと思いながらも、手を引かれて歩く自分の姿を想像した。しかし私には家族がいない。手を引いてくれる人もいない。

そんなある日、創価婦人会館（当時）で、文芸部員として文化本部のメンバーと教学の研さんをしていたとき、たまたま来館された池田先生とお会いすることができた。

私の病気の報告を聞いてくださった先生は、

「題目をあげて、あげて、あげ抜きなさい。病気に負けないだけではなく、あなたの境涯《きょうがい》をすっかり変えることができるのです」

と仰《おお》せになられた。

その日から、ひたすら唱題に励《はげ》んだ。教員を辞めていたので時間があり、唱題に明け暮《く》れる毎日となった。唱題の合間に食事をし、唱題の合間に洗濯をし、唱題の合間に少しの睡眠をとった。緑内障では日本一と言われている名医の診察を受けることができ、手術はせずに、それまでの目薬が変更になった。

三年が経過したとき、高かった眼圧がきれいに下がって上がらなくなった。

「眼圧が下がって安定しています。もう大丈夫でしょう。心配なら、時どき診察を受けに来てもいいですよ」眼科医の言葉に驚き、東京の叔母《おば》に「目、治ったみたい」と病院の公衆電話から電話をかけたのを覚えている。まだ携帯電話などもない時代であった。

それから何十年も経過している。心配なので、たまに近所の大学病院の眼科で眼圧を調べてもらっている。でもこれまで一度も眼圧が上がったことがない。その大学病院の緑内障の専門医は、「あなたは緑内障ではありません」ときっぱりと言った。ずっと前に、ある大学病院で緑内障専門の名医に診《み》ていただいている。誤診であるはずがない。私は勝手に、完治したのだとありがたく思っている。

でもその後、今度は左目に硝子体《しょうしたい》黄斑《おうはん》牽引《けんいん》症候群《しょうこうぐん》という故障が出て、大学病院の教授の手術を受けた。手術がもう少し遅れていれば、失明したかもしれないという。幸いにも失明を免《まぬか》れ、現在は書き物や日常生活にも支障のない毎日を送っている。

師匠への感謝の気持ちを、報恩《ほうおん》の誠《まこと》でお応えしなければならないと思った。

私は懲《こ》りずに、また広岡浅子の小説の完成に向かって精を出した。

12 母を引き取りたい

苦労の末、私は広岡浅子の小説を四〇〇字詰め原稿用紙で八〇〇枚書き上げた。まだパソコンのない時代で、すべて手書きであった。

浅子の人物像を書く上で、一番意識したのは、小説の教えをいただいた藤沢《ふじさわ》周平《しゅうへい》先生のお言葉であった。先生は、『群青《ぐんじょう》』という同人誌に発表した私の作品を読まれ、「あなたの小説は観念的で人物が死んでいる。もっと生き生きとした動きのある人物を書きなさい」とおっしゃった。その教訓を活かし、私は下手《へた》なりに多少とも躍動感あふれる浅子の行動を描きたいと願ってペンを運んだ。

出来上がっても無名の私には本にするあてがない。出版社に売り込むこともできない性格で、机の引き出しにしまい込み、原稿はずっと眠ったままになった。

高校の教師を辞めて、貯金のあるうちは小説の勉強をしようと思ったその貯金が、もう底をつきかけていた。また就職口を探さなければならない。そう思い始めた矢先、ふるさと津軽《つがる》でひとり住まいをしていた老母から、そちらへ行き一緒に住みたいという連絡があった。

困ったことになった。自分ひとりが食べていくのも精いっぱいの暮《く》らし、母を引き取っても養《やしな》っていく力はない。でも女手ひとつで東京の大学まで出してくれた母、私には言わなかったけれどそれなりの苦労はあったと思う。親ひとり、子ひとり、何とかして母を引き取りたい。それまでは、経済のことも祈っていた。かつては野草を摘《つ》んで食べたこともある。経済力をつけさせてください。朝晩の勤行でずっと祈っていたけれど、その願いもまだ叶《かな》ってはいなかった。

母に不自由をかけるわけにはいかない。私は、住んでいる家を売ってお金をつくるしかないと思った。夫がローンのほとんどを残して去った家、私はその後やりくりして払い続け、ローンは終わっていた。母には家が売れたら来るようにと伝えた。

私が二十五歳の時、林を開拓したばかりの土地を買って建てた家、それから三十年近くを経過して多くの家が立ち並び、建て込んだ町になっていた。駅からは二分ぐらいという地の利もあった。

不動産屋が今の相場はこれぐらいと提示した価格は、驚くような高額であった。私が買ったときの八〇〇倍の値段がついていた。驚いて聞くと、今は不動産の好景気と言われている時期なのだという。昭和の終わり、バブルといわれ、日本中が好景気に沸《わ》いている時代であった。私はさっそく契約を取り交《か》わし、これで母を引き取れると嬉《うれ》しく思った。

13 上京した母が入会

経済力のない私が、青森県から母を引き取るために売りに出した家、好景気と聞いてすぐに売れると思っていたのに、家はなかなか売れなかった。いくら好景気といっても、億以上の値段の家には、そう簡単には買い手がつかない。

青森県の母からは、時どき電話があった。

「まだ売れないの？」

「ごめん、まだ売れない。毎日真剣に祈っているけれど、うまくいかない」

最後には、電話越しに二人で泣いてしまうこともあった。

母は創価学会に入会していなかった。ふるさとに帰ることが少なくて、母に信心の話をする機会も多くはなかった。でも話すたびに母は、反対はしなかったけれど、いつも「そのうちに入るから」と答えた。旧習の深い土地で親戚に囲まれて暮《く》らしている母には、入会はかなり決断の要《い》ることであった。

私が初めて母に信心の話をしてから二十年、ついに母は入会を決心し、上京して御本尊様を受持することができた。

一週間後に家の売却が成立した。不動産屋から初めに提示された価格で値引きはなかった。さらにその後すぐに、あまりの土地の高騰《こうとう》に規制がかかり、土地の値段は急落していった。

私は母を引き取るための家を探し、埼玉県の鳩山町《はとやままち》に中古の小さな家を買って母を迎える準備をした。売却した家は、学生部の拠点としても提供していた。近所の医科大学の医学生が私の紹介で入会し、それからは学生が集まるようになっていた。

私はこの家を去るとき、外に出てから玄関《げんかん》に向かい、感謝の念で深く頭を下げた。経済の宿命転換《しゅくめいてんかん》をさせてくれた家であり、未来の人材を育ててくれた家でもあった。ありがとうとお礼を言い、それから中古で買った家に向かった。

母は一緒に住み、毎日昼食の準備をしてくれた。朝と夜の食事の支度は、私の担当である。私はまめに料理をするけれど、味付けが下手《へた》であまり美味《おい》しくない。母は昔、家の近所にあった女学校で料理を教えていたこともあって、味付けが上手《じょうず》で美味しい。本当は朝晩の料理もしてもらいたかったのだけれど、老齢の母には負担になると思って私がした。

母は近所のスーパーで買い物をするのが楽しみのようで、よく買い物に出かけた。小さな町だったので、常連客の顔はレジの店員さんがよく知っている。重いものは持てないので、母がスーパーから帰ると、私は店員さんが預かってくれている品物を自転車で取りに行った。

母は、題目もよくあげた。私がたまにほめておだてると、

「家を売ってまで、引き取ってくれたんだもの。娘が喜ぶようなことをしなくては」

と答えた。

母も私も旅行が好きだったので、やはり私の紹介で入会した東京の叔母《おば》も一緒に、三人でよく旅をした。

小さなリュックを背負《せお》い、前かがみの姿勢で歩く母の姿が、今も時どき目に浮かんでくる。無上の幸せな毎日であった。入会を勧められたときの「この信心をすれば、必ず幸せになれます」という言葉の真実性を改めてかみしめた日々であった。

14 『小説 土佐堀川』の発刊

一九八七年（昭和六十二年）の秋に、創価大学でお会いした池田先生と奥様に懇談していただく機会を得た。先生と奥様は、私の眠っていた原稿にまで光を当てて激励してくださった。

広岡浅子の原稿は潮出版社から出版されることになった。原稿には担当編集者から注文がつけられ、多くの赤い付箋《ふせん》が貼ってあった。身の細る思いでその付箋を見たのを覚えている。さらに約八〇〇枚、本二冊分の原稿を、本一冊分の四〇〇枚に縮小するようにと言われた。考えてみればもっともなことで、無名の物書きの本二冊では、おそらく売るのが難しいのであろうと思った。

苦労して書いた小説を半分に縮《ちぢ》める。登場人物の心理描写などはすべてカットしなければならなかった。

翌年の十月、『小説 土佐堀《とさぼり》川』という大阪の川の題名がつけられ、初版本が上《じょう》

『小説 土佐堀川
女性実業家・広岡浅子の生涯』
1988年10月刊（潮出版社）

梓《し》された。

そして二年後の二月に、『小説 土佐堀川』は東宝によって舞台化され、八千草薫《やちぐさかおる》さん主演、伊東四朗さん、大空真弓さん、大場久美子さんなどの出演により東京宝塚劇場で一カ月間上演された。大同生命が協賛をし、劇場二階のロビーには浅子の遺品やその他の品々が展示され、連日満員の盛況であった。母はとても喜び、観劇に上京した青森県の親戚からは「親孝行をしたわね」と言われた。

創価学会の理念は人々の幸福、最終は世界平和である。だとすれば、もっと人々に希望を与えるような、前向きに生きることに関するような結果を出せないものであろうか。

もっともっと唱題し、もっともっと祈らなくてはならないと思った。しかし決意をすればするほど、宿業《しゅくごう》の病魔がまたもや私を襲った。

今度は左脚《あし》の付け根にうずくような痛みがあり、大学病院でレントゲン写真を撮ると、変形性股関節症《こかんせつしょう》と診断された。股関節の臼蓋《きゅうがい》形成不全で、股関節は変形し、放っておけば激痛をともなうようになる。整形外科医からは、人工骨頭置換《じんこうこっとうちかん》手術をしたほうがいいと言われた。ただし、今すぐに手術はできないという。人工骨頭には寿命があるので、手術は六十歳を過ぎてからになり、それまでは杖《つえ》をついて歩くようにということであった。

15 「負けない、負けない、頑張れ」

その頃、創価学会のセミナー講師として、各地の会館を回るようにとの依頼があった。

行先は四国で、四県の全会館を回り、女性の生き方や自分の体験を話すようにとのことであった。杖《つえ》の歩行で遠方へ行くのは、無理のように思われた。しかし考えてみれば、これまで無理は承知の人生であった。やはり行かなくてはならない。

楽な生き方では、自分の成長はない。何よりも、会員の皆さんに喜んでもらいたい。痛みはそんなに強くなかったので、私は意を決して行くことにした。杖をつき、時には足を引きずったりしながら、羽田から高松空港へ飛んだ。

会館では多い日は会合が五回、午後一時と七時からはセミナー、午前九時から一回、夕方にも一回、夜のセミナー終了後、午後九時からまた一回、役職別の会合が入れられた。

困ったのは、以前の会館の会場は、出入り口が後方にあることだった。講師は、集まった人たちの間を通って、演壇のある場所に行かなくてはならない。まさか集まった人たちの間を、杖をついて歩くわけにはいかない。

私は皆さんが集まる前に会場に入って演壇の横に腰かけ、皆さんがいなくなってから会場から出るように工夫してお話をした。

一人でも悩みを抱えている人がいたら、幸せになってほしいと、祈りにも似た気持ちでお話をさせていただいた。

午前中の会合がない日は、隣の県への移動になる。着くと駅で立ち食いそばを食べ、直接タクシーで会場に向かった。高知県から愛媛県へ行ったときにはバスに乗った。座席から体がぽんぽん跳ね上がるほど、当時は道路が悪かった。

疲れて心が折れそうになると、「負けない、負けない、頑張れ」と自分に言い聞かせた。脚《あし》の故障には負けずに、四国四県の全会館を回って戦い切ることができた。

高知城にある山内一豊の妻千代の像　（写真提供：山梨勝弘／PPS通信社）

セミナーでは楽しいこともある。四国では高知城の山内一豊《やまうちかずとよ》の妻の銅像を見たり、松山市では正《まさ》岡子規《おかしき》や夏目漱石《なつめそうせき》を偲《しの》びながら、道後《どうご》温泉へも行ってみたりした。

公私混同しないように、セミナーを終えた後に自分で滞在を延ばし、歴史のあとをたどったりする。福井市ではお市《いち》の方《かた》の北《きた》の庄《しょう》城址《じょうし》を見学し、戦国時代に、悲運に泣いた一人の女性を偲んで黙《もく》禱《とう》した。

こうして、全国の主要都市のいくつかを回らせていただいた。

「負けない人生」のために❹

心が折れそうになると、
「負けない、負けない、頑張れ」と
自分に言い聞かせた。

16 母との突然の別れ

セミナーで全国を回らせていただく一方で、執筆にも精を出した。

そんな時、埼玉県を題材にした小説をと聖教新聞埼玉支局から依頼された。

昔、利根川《とねがわ》は江戸の町中を流れていた。そのために江戸の町はたびたび大洪水に見舞われた。元和《げんな》年間（一六一五―一六二四年）、関東郡代伊奈忠治《いなただはる》は父忠次《ただつぐ》の後を継《つ》ぎ、利根川の流れを変えて、江戸の町を守ろうと考える。

大変な難事業であった。そして川一本の流れを変えるのに、実に伊奈家親子三代の歳月を費《つい》やしたのである。

池田先生はかつて、この史実を通し、ましてや広宣流布という未曾有《みぞう》の大偉業は、三代のみならずさらなる歳月を重《かさ》ねなければならない。しかし何としても成《な》し遂《と》げねばならないと、埼玉の同志を励《はげ》ましてくださったことがある。

私は浦和の県立図書館に通って資料を読み、調べ、現地踏査《とうさ》をして書き上げた。これは「炎《ほのお》の河《かわ》」という題で聖教新聞埼玉版に連載された。また埼玉県内の主要な市を訪問し、「郷土スケッチ」も書いて連載した。

それ以前には、当時の小学生文化新聞や『灯台』にも連載をしている。書評でも、「日本の美」という写真の説明文でも、依頼された原稿は断《ことわ》らずに何でも書かせていただいた。

その他、青森県出身の作家葛西善蔵《かさいぜんぞう》（石坂洋次郎の師匠）の生涯を書いた小説（『一輪咲いても花は花』）の新聞連載など、地方新聞などには多くの執筆をした。

母と一緒に住んでから六年目の三月末、母はパーマをかけて身ぎれいにし、近所のレストランで青森県から来た親戚の者をもてなした。親戚の者が帰ってから間もなく、母は突然倒れて入院した。病名は急性心不全、そして四月二日には八十三歳で帰らぬ人となった。病院の個室の窓外には、桜の大樹があって、はらはらと花びらを散らしていた。

母の葬儀を終えた後、六十二歳になった私は、整形外科の名医である大学教授の執刀により、左股《こ》関節《かんせつ》人工《じんこう》骨頭《こっとう》置換《ちかん》手術を受けた。

『一輪咲いても花は花
葛西善蔵とおせい』
2003年6月刊（津軽書房）

『炎の河 利根川治水物語』
2009年12月刊
（ミューズ・コーポレーション）

17 次々襲う病気の宿業

広岡浅子の本を出版した後、私は次の小説執筆の準備にかかった。有意義な生き方をした女性勤王家《きんのうか》松尾多勢子《たせこ》のことを書きたいと思い、取材を始めた。松尾多勢子も広岡浅子と同様、あまり知られていない女性である。

幕末、信濃《しなの》の下伊那《しもいな》から尊王派《そんのうは》と佐幕派《さばくは》が争《あらそ》う京に上《のぼ》り、華々しい尊王活動を繰り広げている。子育てをなし終えた後、家族の承諾を得て五十二歳で上京し、国事《こくじ》に奔走《ほんそう》した。多勢子の働きにより、天皇の命が救われたとさえ言われている。そのために孝明《こうめい》天皇に拝謁《はいえつ》を賜《たまわ》っている。

多勢子が残した日記『都のつと』のコピーを手に入れ、多勢子が京へ上った山中をタクシーでたどってみたりした。今は懐かしい思い出になっている。(『赤き心を』一九九〇年二月、潮出版社刊)

さらに女性シリーズ三作目として、ふるさと津軽《つがる》の弘前《ひろさき》城に取材した小説を書

『赤き心を
おんな勤王志士・松尾多勢子』
1990年2月刊（潮出版社）

『風花の城』を改題し文庫化した
『家康の養女 満天姫の戦い』
2022年9月刊（潮出版社）

『風花の城 弘前城満天姫』
1992年9月刊（潮出版社）

いた。主人公は弘前城満天姫《まてひめ》、津軽藩二代目信枚《のぶひら》に嫁《か》した徳川家康《いえやす》の養女である。満天姫の背景には徳川家康や福島正則《まさのり》など歴史上の大人物がおり、また信枚の側室は石田三成《みつなり》の娘であった。家康の娘対三成の娘、陸奥《むつ》の小藩で女の関ケ原合戦が繰り広げられる。満天姫は、津軽藩が幕府からの国替え沙汰《ざた》を免《まぬか》れるほどの働きをしている。

　かなり時間がかかったが、弘前城満天姫の小説（『風花《かざはな》の城』一九九二年九月、『家康の養女 満天姫の戦い』に改題して二〇二一年九月文庫化。ともに潮出版社刊）も完成した。

　どの小説も、まず資料を探すことから始めなければならなかった。しかもその資料がなかなか見つからない。資料が揃《そろ》い読み込んでからも、歴史的背景を調べたり、現地に赴《おもむ》いて実地踏査をしたりで、大変に時間と手間がかかった。でも書くことはやめなかった。遅々としていたが、書く努力は続けようと思った。

　出版した本の数は少しずつ積み重なっていった。

　何十年、祈ったことであろう。結果は出ず、出るものは病気の宿業《しゅくごう》ばかり、股関節《こかんせつ》手術の後には大きな胆石《たんせき》が見つかって、今度は胆嚢《たんのう》全摘の手術を受けねばならなかった。

18 思わぬ人物とのつながり

数多くの病気に見舞われながらも、小説への思いは捨てなかった。一つ病気を克服しては執筆に戻り、次の病気を治してはまた仕事に戻る。その繰り返しであった。

私は執筆の合間に、時どきパソコンのインターネットで一人遊びをしたりする。外国の観光地の地名を入れて検索すると、たくさんの現地の写真や、土産物の映像などが出てくる。

まるで現地へ行ったような楽しい気分になる。

例えば、チェコと入れて検索をする。そうすると、カレル橋や、モルダウ川の流れや、さまざまな写真が出てくる。いつか行ってみよう。そして両側に聖人像の立っているカレル橋の上を歩いてみようなどと夢がふくらむ。お土産には、マリオネット、操《あやつ》り人形を買って帰ろうなどと少女のような気持ちになる。

もう十六年も前になるけれど、私は功徳《くどく》で、豪華客船「飛鳥《あすか》Ⅱ」で世界一周旅行をすることができた。寄港地では下船し、地元巡《めぐ》りをする。しかし港から遠い陸地にある国への訪問は、スケジュールから除外される。せいぜいバスで三時間ぐらい、遠くても数時間以内で行ける国に限られる。そのために、チェコやオーストリア、ハンガリー、スロバキアなどには行けなかった。

それだけに、特にチェコとオーストリアには、いまも強いあこがれを持っている。

そんなある日、別にこれという目的もなく、パソコンで出版社のホームページなどを見ていた。ある大手出版社のページに、その出版社が出している雑誌の編集長の名前と写真が載《の》っていた。その編集長の名前に覚えがあった。

ずい分前に、離別した夫から子供が生まれたと電話があり、聞いたときの名前と同じ名であった。そして掲載《けいさい》されている写真が、若い頃の夫によく似ていた。姓《せい》は、もちろん夫の姓である。同姓同名の人かもしれない。でも、もしかしたら、という思いが強くなった。

『飛鳥Ⅱより愛を込めて』
2007年12月刊（鳥影社）

離婚してからずい分と長い年月が過ぎ、その後の前夫の消息はわからなくなっていた。私の紹介で創価学会に入会したが、信心を続けているかどうか、御本尊様をお守り申し上げているだろうかということが気になっていた。そのページには、お客様の声を書く空欄が設《もう》けられていた。

「突然、メールを差し上げます。失礼ご容赦《ようしゃ》ください。

K編集長さんのお父様は、もしかしたら某大学の教授ではいらっしゃいませんか。もし間違っていましたら、お詫《わ》び申し上げます。私、青森県、弘前《ひろさき》市出身の古川智映子（ぬい）と申します」

そう書いて、メールを送った。折り返し、返信があった。

「メール拝見しました。仰《おお》せのとおり、父は某大学の教授でした。定年退職をして、いまは家におります。父とどのようなお知り合いなのでしょうか。ぜひ、お知らせください。その際は僕の個人のメールアドレスにご返信ください」

返信用の別のアドレスが書かれていた。私は、そのアドレスに再度メールを送った。

「ご返信、ありがとうございます。私、実はお父様の前の妻でした。私の紹介で、お父様は創価学会に入会なさいました。その後、御本尊様をきちんとお守り申し上げておられるかどうか、心配しております」

またすぐに返信があった。

「ご安心ください。父は、私が物心ついた頃からよくお題目をあげていました。いまも毎日勤行唱題をしております」

私は、そのメールを読んで、よかった、本当によかったと思い、御本尊様に感謝の題目をあげた。

大手出版社に勤務する前夫の長男からは、その後も時どきメールが来るようになった。

「私がお詫びを言うのも何ですが、古川さんに父は本当に申し訳のないことをしました。父から離婚にいたった事情を聞きました。私でお役に立つことがあったら、何でもおっしゃってください」

そのメールを見たとき私は、かつてその母親が私に投げつけた言葉を思い出していた。

とてもあの女性から生まれた人とは思えなかった。文章に育ちと人柄の良さがにじみ出ていた。

「ありがとう。もう何とも思っていません。お気遣《きづか》いのないように」

私は、そう返信をした。

信心が深まるにつれて、「宿命《しゅくめい》」という言葉の深い意味を知るようになった。

宿命、わが命に宿《やど》るもの、不幸を人のせいにしてはならない。わが命にこそ、その原因が宿っている。それは正しい信心、つまり日蓮大聖人の仏法の実践によってしか転換できない。他人を責《せ》める前に、不幸の原因である自分の宿命に目を向け、その解決に取り組まなくてはならない。

そうした信心の目から見れば、前夫は私同様、宿業の深い人間だと思った。生家は津軽《つがる》の大きな呉服商をしていた。店は反物《たんもの》の灼《や》けを防ぐために、日光を遮《さえぎ》った設計になっていて、昼でも暗く、終日電灯を点《つ》けていた。

幼くして母に死に別れ、兄も結核で夭逝《ようせい》、姉は見染められ、津軽でも指折りのりんご農家に嫁《とつ》いだものの、婿《むこ》取りの姑や小姑たちにいびられて気鬱《きうつ》の病《やまい》になって家出をし、行方《ゆくえ》知れずになっていた。

前夫が哲学を志《こころざ》したのも、そうした不幸な環境に起因していたのかも知れなかった。父親は再婚したので、前夫は継母《けいぼ》に育てられた。

一方私のほうも、親戚の女たちには、結婚しても別れたり、夫に先立たれたりした人が多い。私の祖母も、母も、二度結婚をしている。そんなことを考えたとき、入会して同志となった前夫を、私はとっくに許していた。幸せになってくればいいと、心から願える自分になっていた。

前夫は四年前に他界したが、そのこともこの長男がメールで知らせてくれた。晩年の様子を聞くと、「時間があるとよくお題目をあげていました」とのことだった。人生の最後まで立派に信仰を全《まっと》うしてくれたことに安堵《あんど》し、前夫の冥《めい》福《ふく》を心から祈った。

信心が深まるにつれて、「宿命《しゅくめい》」という言葉の
深い意味を知るようになった。
宿命、わが命に宿《やど》るもの、不幸を人のせいにしてはならない。
わが命にこそ、その原因が宿っている。
それは正しい信心、つまり日蓮大聖人の
仏法の実践によってしか転換できない。
他人を責《せ》める前に、不幸の原因である
自分の宿命に目を向け、
その解決に取り組まなくてはならない。

19　人の意志ではどうにもならないこと

宿命《しゅくめい》とは恐ろしいもの、それは学問とか、知識とか、人柄の良さとか、教養とか、そうしたもので解決することができない。またいくら努力しても、そうした努力とは関係なく、さまざまな形で現《あらわ》れてくる。人間の意志では止めようのないもの、それが宿命である。

広辞苑の「宿命」という言葉を見てみると、「前世から定まっている運命」と書いてある。では「運命」とは、これも広辞苑の説明によれば「人間の意志にかかわりなく、身の上にめぐって来る吉凶《きっきょう》禍福《かふく》。（中略）人生は天の命《めい》によって支配されているという思想に基づく。めぐりあわせ。転じて、将来のなりゆき」とある。

さらに「運命論」という語について同書には、「一切の出来事はあらかじめ決定されていて、なるようにしかならず、人間の努力もこれを変更し得ないと見る説。宿命論」とあった。

だとすれば、生きていくうえで、こんなに悲しいことはない。不幸な人は生涯不幸なまま、人生を嘆《なげ》いて終えなければならない。広辞苑にはことばの説明しかなく、どうしたら運命、宿命というものを打開できるかの解答はない。

昔から運命や宿命は、人間が生きて行く上での大きな課題であり、小説家などもこれをテーマにした作品を書いている。幸田露伴《こうだろはん》の『運命』や国木田独歩《くにきだどっぽ》の『運命論者』がその例である。

私は、広辞苑にあった「人間の努力もこれを変更し得ない」という説明を、入会する前のわが身に強く感じたのであった。

前夫が家を出て一緒に住むようになった女子学生は、夫と私とも同郷、青森県の出身であった。しかも女子学生は高校も同じで、私の十年後輩にあたる。夫が教えていた大学に入学し、夫の親友の伝手《つて》で、母親と一緒に私宅に挨拶《あいさつ》にきたのが知り合いになるきっかけであった。

幸田露伴〔1867－1947年〕
(写真提供：国会図書館)

国木田独歩〔1871－1908年〕
(写真提供：国会図書館)

入学した学部が違うのに、夫の授業にも出席するようになった。しかも授業の終了後、夫の帰りを待って帰宅に同行するようになったという。

一緒に住み、時間が経《た》ってみると、夫はやはり家に戻りたいと思うようになった。妻ある身での女子学生との同棲《どうせい》、教育者として許される行為ではない。勤務先の大学に知れたら、おおごとになるかもしれない。

そう思った夫は私に、いずれ家に帰りたいという電話をよこした。

「帰るつもりだ。でも今すぐ帰ると言ったら、彼女がどんな態度をとるかが怖い」

これまで、さんざん痛めつけられてきた私は、夫への愛情は薄れていた。しかし九年間苦労して築いた家庭を失うことには、哀惜《あいせき》の情があった。

「妻の立場は強い。あんたの承諾《しょうだく》がなければ、離婚はできない。我慢してくれ」

夫は、そうも言った。

待ってみようかという気持ちがほんの少し萌《きざ》した。もしかして、もしかしてやりなおすことができるのであれば……。

しかし、ことは順調には運ばなかった。夫の意志とは逆の方向に動いていった。夫が家に帰ろうとすると、必ずといってもいいほど、支障が起きた。風邪《かぜ》をひいて高熱が出て動けなくなったり、その次には彼女の具合が悪くなって、放置しては帰れなくなったりした。それでも夫は帰ろうとし、親戚の者が間に入って話し合い、彼女も納得したように見えた。

そしていよいよ明日帰ると決まった日の前日、夫の留守に、彼女はガス自殺をはかった。部屋の廊下《ろうか》で異臭がし、それに気づいた住人が、マンションの管理人に連絡して部屋を開けてもらったという。すんでのところで、彼女の命は助かった。

「怖くて、当分は帰れない」

夫から、そういう電話があったとき、私はもうこれで終わりにしようと決断した。離婚届の用紙に署名し、捺印《なついん》をして夫の住所宛に郵送した。

「きっと、その子の狂言よ」

と友人は言った。

「あんた、悔しくないの。別れずに頑張りなさいよ」

と他の友人は言った。

しかし私の心は、すでに冷え切っていた。またよりを戻しても、やっていく自信がなくなっていた。

これこそが運命、人の意志ではどうにもならないことを、わが身の上に感じたのであった。

「負けない人生」のために❻

宿命《しゅくめい》とは恐ろしいもの、
それは学問とか、知識とか、人柄の良さとか、
教養とか、そうしたもので解決することができない。
またいくら努力しても、そうした努力とは関係なく、
さまざまな形で現《あらわ》れてくる。
人間の意志では止めようのないもの、
それが宿命である。

20 「あさが来た」の誕生

左股関節《こかんせつ》の手術からさらに二十余年の歳月が流れた。

八十三歳、無名にも等しい私にとって、奇跡としか言いようのないことが起こった。『小説 土佐堀《とさぼり》川』が出版から二十七年を経《へ》て、第九十三作のＮＨＫ朝ドラ（連続テレビ小説）にきまったのである。夢ではないかと思った。しかし真実であった。

ＮＨＫドラマ制作のエグゼクティブ・プロデューサーＳ氏は、第九十三作の朝ドラ制作のために、わざわざ東京からＮＨＫ大阪に転勤になったという。

朝ドラはＮＨＫ東京とＮＨＫ大阪とが交代で制作している。Ｓ氏は、朝ドラになりそうな何かいい本はないだろうかと図書館巡《めぐ》りをされた。しかし神戸や京都の図書館に行っても、満足できるような本はなかった。さらに大阪の図書館も回ってみた。大阪の図書館にもやはりないように思われた。ただあと一館だけ、

中之島公会堂(大阪市中央公会堂)前で。この建物の裏手に大阪府立中之島図書館がある（撮影／齋藤康一）

中之島公会堂（大阪市中央公会堂）裏の府立中之島図書館が残っていた。そこの本棚に『小説 土佐堀川』という大阪の川の名前の本を発見し、手にとって読んでみた。

近代日本初の女性実業家、広岡浅子の生涯を書いた本であった。これはもしかしたらいいドラマになるかもしれない。しかし心配はあった。主人公が生まれたのは一八四九年（嘉永《かえい》二年）、つまり髷《まげ》の時代である。これまでの朝ドラで髷ものは一つもない。そんな古い時代から始まる物語が、果たして朝ドラに向いているのか、どうか。そして視聴者がついて来てくれるのか、どうか。しかしＳ氏は決断をなさった。その後お会いしたＳ氏は、謙虚《けんきょ》で優しく、立派なお人柄であった。ドラマ「あさが来た」の主役にきまったのは波瑠《はる》さん、撮影が始まると波瑠さんは自分のブログに「いつも、あさちゃんと一緒」と書いた。考えてみれば私も、浅子を追っている間は、いつも浅子さんと一緒だった。

もし浅子の小説が、本になることがなかったとしても、私は自分が調べた浅子の生き方により、負けない人生を手にいれることができたであろう。

NHK連続テレビ小説の原案本となり『小説 土佐堀川　女性実業家・広岡浅子の生涯』は新装改訂版（写真右）が出版（2015年2月刊）され、文庫化（2015年9月刊）もされた（いずれも潮出版社）

しかし本になっただけではなくて、今度はＮＨＫの朝ドラになる。こんな喜びはないと思った。

死後一〇〇年余を経て、浅子はＮＨＫ連続テレビ小説「あさが来た」の主人公として蘇《よみがえ》った。浅子の念《おも》いは、時を経てもなお生きていた。私には、そう思えてならない。

死力を尽《つ》くして働き、手に入れた富を独占せず、社会のため、また未来の日本を担《にな》う若い女性教育のために、惜《お》しげもなく寄贈した。やはり広岡浅子は偉大であった。

21 人との関係によってもたらされる幸福

二〇一五年（平成二十七年）九月二十八日、朝ドラ「あさが来た」の第一回が放映された。主演は波瑠《はる》さん、他の出演者は玉木宏さん、宮崎あおいさん、寺島しのぶさんなどの豪華キャストである。大河ドラマ並みのキャストだと言った人もいる。初めに秋元康氏作詞の「３６５日の紙飛行機」の主題歌が流れる。歌っているのは人気絶頂のＡＫＢ48。明るく希望に満ちた歌で、あっという間に人気が出て、やがて高齢者から幼児まで日本中で歌われるようになった。ドラマは、二十一世紀で最高の視聴率をあげた。

主役の波瑠さんはもちろんのこと、芸達者な脇役の人気も、回を重ねるごとに上昇していった。特にディーン・フジオカさんの扮《ふん》する五代友厚《ごだいともあつ》の人気は抜群で、大阪証券取引所の五代像の前には、記念撮影をする人たちの行列ができるほどであった。浅子が創業に関わった大同生命の広岡浅子展には、観光バスが次々と押し寄せ、中に入り切れないときもあったという。

「あさが来た」の原案本となった『小説 土佐堀川《とさぼり》』には、五代友厚のことは数行しか書かれていない。その原作をここまでふくらませて人気を沸騰《ふっとう》させる、ＮＨＫのドラマづくりの手法には感服せざるを得なかった。

他にも嬉《うれ》しいことがあった。広岡浅子の小説を書いたとき、浅子の時代の日本経済を書かなくてはならないと思い、当時大阪大学名誉教授だった宮本又次《またじ》先生のご指導をいただいた。そのご子息の又郎《またお》先生が、ドラマ「あさが来た」の時代考証にあたられたのである。又郎先生は、お父様の又次先生の後を継がれて学者となり、日本経済史の研究に専念された。又次先生同様、たくさんの著作を著《あらわ》している。経済関係の数々の受賞もされている。私は、又郎先生とのお目もじがかない、親子二代の先生からお世話になったことに心から感謝申し上げた。

幸福は人との関係によってもたらされると思う。いつもいい人たちに恵まれるようになった。

「あさが来た」は、大阪のＮＨＫで撮影された。私は撮影中、ＮＨＫ大阪の撮影

五代友厚〔1836－1885年〕
（写真提供：国会図書館）

大阪証券取引所前の五代友厚の銅像

現場を訪問した。撮影を見たいという気持ちもあった。それだけでなく、聖教新聞社発行の写真誌が「あさが来た」を取り上げ、撮影現場で写した私の写真を掲載してくれることになったからである。

　撮影の合間には休憩時間があって、俳優さんたちは現場を離れて一服する。その時間を利用し、私は加島銀行（ドラマでは「加野商店」）のセットの椅子《いす》に腰かけ、ちょっとしたお澄まし顔でよそ行きのポーズをとった。パチ、パチ、有名写真家が写真を撮ってくれる。

　私はかつて、ロマンティックで夢見る少女だったと思う。華やかな芸能界とはこれまで無縁だった私が、まるで女優さんになったような気分になり、ひと時楽しい夢を見させてもらった。

　感心したのは、俳優さんたちの礼儀正しさと人柄の良さであった。主役の波瑠さんのご苦労を察し、私は波瑠さんに心ばかりのプレゼントをした。

「この間は、結構なお品をいただき、本当にありがとうございました。これ、恥ずかしいような物ですけど、私が刺繍《ししゅう》しました。差し上げます」

「あさが来た」ドラマ撮影現場訪問の際に撮ってもらった記念の一枚
(撮影／齋藤康一)

後日、また会ったときに、波瑠さんは「あさが来た」にちなんだ模様を刺繍したハンカチをくださった。

「ありがとう。本当にありがとう」

「恥ずかしいぐらい、ささやかな物です。でも私が刺《さ》しました」

「波瑠さんの真心のこもったお品ね。とても嬉しい。大切に使わせていただきます」

私は、その優しい心根に涙ぐみそうになった。

「あさが来た」に出演した宮崎あおいさんが、刺繍の技術に長《た》けていることは小耳に挟《はさ》んでいた。休憩時間に、波瑠さんや他の女優さんたちに刺繍の手ほどきをしたらしい。波瑠さんはお姉さん役の宮崎さんから教えてもらい、刺繍したハンカチを私にくださったのである。

「この間は、差し入れをしていただいてありがとうございました」

玉木宏さんもわざわざ傍《そば》に来て、ご挨拶《あいさつ》をしてくださった。

私は玉木さんをとても礼儀《れいぎ》正しい人だと思った。

22 何十年がかりで出せた結果

ＮＨＫ朝ドラ「あさが来た」の人気上昇にともなって、新聞やテレビなどがこぞって九転十起《きゅうてんじゅっき》の広岡浅子を取り上げ、私のところにも多くの取材申し込みがあった。テレビ出演の依頼もあった。旅行会社では、軽井沢にある三井家の別荘見学のツアーまで募集した。

やがて全国の視聴者から、私に手紙や電話、そしてメールなどがくるようになった。ファンの方々を、おろそかにはできない。もらった手紙や葉書に対しては、深夜までかかって返事を書いた。ＮＨＫから波瑠《はる》さんの写真入りの葉書をたくさんもらっていたので、それに書いて返事を出した。

ドラマが進むにつれてさまざまな人々の反応や様子が、私に伝えられた。

末期の肺がんを患《わずら》い、医師から余命いくばくもないという宣告を受けた女性からは、「朝ドラを見て元気が出ました。最後まで希望を捨てずに頑張ります」という言葉が寄せられた。また脳出血《しゅっけつ》で倒れ、半身不随になったという男性のご家族からは、「毎朝『あさが来た』を楽しみに見ています。主人は不自由な手でテレビを指さして喜んでいます」という連絡があった。

私は作家としては作品が少ない。でも私の小説が朝ドラになり、そのドラマが人々に希望を与え、生きるよすがになっている。本当に少しではあるけれど、お役に立つことができた。池田先生が激励してくださった「この仏法は、必ず結果を出せます」「あなたはペンの道で、結果を出せる人です」との深い意味はこういうことだったのかと思った。

ささやかではあるけれど、やっと、何十年がかりで結果を出すことができた。二〇一六年（平成二十八年）四月二日、朝ドラ「あさが来た」は盛況裡《せいきょうり》に終了した。ホテルニューオータニ大阪の大広間で、盛大に打ち上げパーティーが開かれ、私も出席した。波瑠さんと玉木宏さんが揃《そろ》って演壇に上がって挨拶《あいさつ》をし、他の多くのキャストも出席した華やかなパーティーであった。

各メディアの取材やインタビューなどにも出来る限り丁寧に対応した。
大同生命大阪本社で（撮影／齋藤康一）

玉木さんのお話は陰に徹することの大切さ、陰に徹する人を礼賛《らいさん》したお話だったと思う。考えさせられる内容で、充実したお話であった。すばらしいと思った。私も感謝の意を述べさせていただいたが、とても玉木さんのお話にはかなわないと思った。

その後、『小説　土佐堀《とさぼり》川』は東宝で舞台化され、高畑淳子《たかはたあつこ》さんの主演で東京・大阪ほか全国八カ所で上演された。一九九〇年（平成二年）には東京宝塚劇場で、八千草薫《やちぐさかおる》さん主演の『土佐堀川』が上演されている。八千草さんはどちらかと言えば「静」の演技だったが、東京のシアタークリエでの高畑さんの演技は、「動」そのもので迫力に満ちていた。これこそがまさに広岡浅子、その高畑さんの熱演に観客席からは万雷《ばんらい》の拍手が送られたのである。

23 告げられた病名

多忙な日々から解放され、私にも静かな日常が訪れた。しかし朝ドラ終了後、一年ほど経《た》ったとき、右わきの下に大きなしこりのあるのに気がつき、軽い気持ちでかかりつけ医のクリニックに行った。すぐにＣＴ（コンピュータ断層撮影《だんそうさつえい》）検査が行われ、終わったときに放射線技師の様子を見た私は、なぜか不吉な予感にとらわれた。

案の定、かかりつけ医から告げられた病名は悪性リンパ腫《しゅ》、住んでいる市のＰＥＴ《ペット》（陽電子放出《ようでんしほうしゅつ》断層撮影）検査専門のクリニックで、ＰＥＴ画像の撮影をしてもらうようにと言われた。その結果は本人の私ではなく、かかりつけ医のほうに伝えられた。

「先生、結果を教えてください。私はどんな結果でも恐れません」

ずっと長く診《み》てもらっていた先生だったので、私はそうお願いをした。

「やはり、悪性リンパ腫でした」

　PET検査のクリニックから来た報告書を私はコピーしてもらった。

　その用紙には、右口蓋扁桃《こうがいへんとう》、右頸部《けいぶ》リンパ節、右鎖骨《さこつ》下・腋窩《えきか》・上腕、左腋窩、肝S5／6、肝門部《かんもんぶ》、左総腸骨《そうちょうこつ》リンパ節、右鼠径《そけい》リンパ節に集積が多発、脾《ひ》臓《ぞう》の集積も増加、と恐ろしいほど多くの文字が並んでいた。診断はステージ4、実に全身の十一カ所に悪性腫瘍《しゅよう》ができていたのである。

　これまで私は、内臓の病気などには気をつけてきたつもりであった。時どき胃や腸のカメラ検査も受けていたし、乳がんなどの受診もしていた。それでも病気の宿業《しゅくごう》は深く、緑内障《りょくないしょう》は手術をせずに克服できたものの、他の病気では五回も手術を受けている。

　今回は血液のがん、いろいろと検査を受けてきた隙間《すきま》をついて出てきた病気であった。予想もしていなかったし、手術によって治せる病気ではない。これまでで一番重い病気であった。

「悪性リンパ腫は、治ることもありますよ」

かかりつけ医の先生は、気の毒そうな表情で、低い声で言った。先生のパソコンモニターで見た映像には、多くの腫瘍が赤く光って映《うつ》っていた。それは体の一部分ではなく、全身に広がっていた。ステージ4の末期症状、認めなければならない現実であった。

こんなに大量のがん細胞に侵《おか》されるのには、おそらく長い歳月がかかったことであろう。この間、まったく自覚症状はなかった。これががんの恐ろしさ、一時呆然《ぼうぜん》としたが結論はやはり唱題しかない、そこに行きついた。自分の考えでどうにかなる問題ではなかった。

24 大きな戦いをした後に最も大きな宿業が

池田先生、奥様からの真心あふれるお見舞いと激励を、婦人部（当時）の幹部がわざわざ地元まで届けてくださった。その時、「人生の総決算の題目、一生成仏の題目を」というご指導をいただいた。ありがたかった。

これまでずい分と唱題を重ねたつもりでも、まだ足りない。病気の宿業《しゅくごう》はまだ残っていた。そして大きな戦いをした後に最《もっと》も大きな宿業が出た。まさに御書にある通り、もう策はなく唱題あるのみ、そう思い奮起《ふんき》して唱題に励《はげ》んだ。

死は一定《いちじょう》、生あるものはことごとく死ぬ。私はもう八十五歳、母の死の年齢も、叔母《おば》の死の年齢をも超えることができた。私よりもずっと健康だった親友たちにも先立たれた。そう思ったとき、この年齢まで生きたことへの感謝の念が湧《わ》いた。死は怖くないと思った。死を恐れる感情は消え、無欲の透徹《とうてつ》した心境になり、わが人生に悔《く》いなしと思った。

日蓮大聖人の生命尊厳の仏法の実践により、私の人生は暗から明へ、苦悩から幸福へと一八〇度の転換を成《な》し遂《と》げた。そう思えば、あふれるのは感謝の気持ちだけであった。

題目をあげて、あげて、あげ抜いた。さまざまな感情が走馬灯《そうまとう》のように巡《めぐ》った。日蓮大聖人の仏法を生命の哲学と受け止め、実践したのは創価学会だけである。ある宗派は、大聖人のごく一部の御文《ごもん》だけを取り上げ、生命の法理としては受け止めなかった。したがって、個々の人間生命の変革など出来ようはずもない。幸福になるためには、自分が持っている命の悪い癖《くせ》を是正《ぜせい》しなければならない。その生命の変革の方途を教えてくれたのが創価学会である。

初代牧口常三郎《まきぐちつねさぶろう》会長は、命をかけて法を守られた。今の時代からすれば、明らかな冤罪《えんざい》で投獄された。神道《しんとう》に由来する日本では、日蓮大聖人の仏法を信奉《しんぽう》する創価学会は、異端《いたん》の徒の集団として迫害を受けねばならなかった。

もしそうした状況におかれた場合、果たして自分は信心を貫《つらぬ》くことができたであろうか。そう考えたとき、これまで自由に思い切り信心できたことを喜びとしなければならないと思った。

満月や
生死の寂照《じゃくしょう》
仏国土

池田先生から母と共にいただいた句を心肝《しんかん》に染めて唱題した。

動ずる心はもう消えていた。この不動の境涯《きょうがい》にまで私を高めてくださった師匠と奥様、そして学会の諸先輩に感謝の涙があふれた。

病院で、悪性リンパ腫の治療を受けることになった。かかりつけ医は、自分の出身大学の血液内科の教授に、紹介状を書いてくださった。その病院は、私の家から自転車でゆっくり漕《こ》いでもせいぜい十分ぐらいで行ける。

病院ではがん細胞の組織を採取して精密検査をし、その結果非ホジキンリンパ腫《しゅ》のうち節性辺縁帯《へんえんたい》リンパ腫であることがわかった。この種のリンパ腫は、進行は遅い。しかし寛解《かんかい》（病気による症状や検査異常が消失した状態）は難しいと言われている。抗がん剤投与の治療は、死ぬほど苦しいと聞いていた。嘔吐《おうと》、発熱、体重減少、脱毛など。でも私は、覚悟を決めて治療を受けようと思った。脱毛に備えて帽子《ぼうし》まで用意した。この段階でも自覚症状はなく、胃には腫瘍《しゅよう》がなかったので平常通りの食事をすることができた。

悪性リンパ腫の治療の一日目は日帰りの入院であった。点滴薬剤の副作用を考えて一日入院し、副作用がなければ退院となる。重い副作用が出た場合は、帰宅せずにそのまま入院を続けることになる。

これまでずい分と唱題を重ねたつもりでも、
まだ足りない。病気の宿業《しゅくごう》はまだ残っていた。
そして大きな戦いをした後に最《もっと》も大きな宿業が出た。
まさに御書にある通り、もう策はなく唱題あるのみ、
そう思い奮起《ふんき》して唱題に励《はげ》んだ。

25 信心を貫けば「きっと幸せの朝が来る」

インターネットで調べたところによると、チョップ療法というのがあって、何種類かの抗がん剤を使って点滴し、がん細胞を叩《たた》く。かなり強い薬のようで、この場合には重い副作用が出るようである。

しかし私の場合は一種類のみ、リツキサンという名の薬であった。比較的副作用が少ないという。初めての治療なので、ゆっくりと時間をかけての点滴であった。

十五分おきに二人組の看護師さんが、状況確認に部屋に入ってくる。一回目の治療は夕方までかかったが、まったく副作用はなく、宿泊せずに家に帰ることができた。

一週間の間隔をおいて、二度目の点滴となった。週に一回、計八回で一サイクル、つまり二カ月未満で治療が終わり効果を確認することになる。

自覚症状を感じていなかった私は、自転車で病気に負けずに通院し、八回の点滴治療を受けた。六月から始めて七月の二カ月間で終了、一カ月ほどの間隔をおいて、九月に効果確認のために二度目のPET《ペット》検査をした。

悪性リンパ腫の腫瘍は全部、きれいに消えていた。

かかりつけ医からその報告を聞いたとき、私は驚きの声を上げた。

この一年後には、六十二歳で入れた左股関節《こかんせつ》の人工骨頭《じんこうこっとう》が古くなったので入れ替えの手術、さらに右股関節にも人工骨頭を入れる手術を受けた。両目の白内《はくない》障《しょう》の手術も数えると、実に八回もの手術を受けたことになる。でもすべてを乗り越え、克服することができた。

それからもう五年を経過した。今は毎日元気で、脚力強化のために自転車に乗っている。住んでいる所沢《ところざわ》（埼玉県）は日本の航空発祥の地、軍の飛行場だったところは公園になっている。花見の時期以外はほとんど人がいないし、車も通らない。広大な敷地の公園を安心して自転車で回ることができる。今年（二〇二二年）四月一日で満九十歳を迎えた。

すべての病を乗り越え、今は脚力強化のため毎日自転車に乗っている
(撮影／齋藤康一)

入会してから五十八年、半世紀以上を経過した。この間に、いろいろなことがあった。入会以前はそんなに大きな病気をしたことがなかったので、仲のいい友人が入会後に、病気に苦しむ私を見て心配して言った。

「あなたを見ていると、創価学会に入ってから、あまりいいことがないように見えるけど、やめたほうがいいんじゃないの」

別に意地悪で言ったわけではなく、友人なりに心配したようである。でも、私はやめずに信心を貫《つらぬ》いた。本当に良かったと思う。大聖人の仏法を行じ、創価学会につききって行けば、「きっと幸せの朝がくる」と確信している。

世界では、今も戦火に苦しむ人々がいる。私は、第二次世界大戦（太平洋戦争）を知っている。日本で戦争を知る最後の世代となった。日本軍が負け戦《いくさ》になると、米国の大型爆撃機《ばくげきき》（B29）が本土、特に東京を空襲《くうしゅう》するようになった。

それだけでなく小型機が低空飛行をし、操縦士の顔が見えるほど地上に近づき、一斉に機銃掃射《きじゅうそうしゃ》をした。動くものすべてに、銃弾を浴《あ》びせかけた。外にいた人たちは物陰《ものかげ》に伏《ふ》し、敵機の去るのを待つ。去った後の物干し竿《ざお》の洗濯物には、蜂《はち》の巣《す》のような穴があいていた。多くの人々が命を落とし、戦争の犠牲《ぎせい》になった。

戦争を世界からなくする、その目標は生命の尊厳《そんげん》を至上とする日蓮大聖人の仏法と、それを奉《ほう》じて行ずる創価学会にしかできない。

世界広布の松明《たいまつ》を高く掲《かか》げよう。師匠のもと、胸を熱くして世界人類の幸福のために、死力を尽くしたい。

老軀《ろうく》に鞭《むち》打って、これからも人々の幸福を祈り、創価学会の理念である世界平和運動の一翼《いちよく》を担《にな》って努力したいと願っている。

（完）

幸福になるためには、
自分が持っている命の悪い癖《くせ》を
是《ぜ》正《せい》しなければならない。
その生命の変革の方途を
教えてくれたのが創価学会である。

あとがき

八月から聖教新聞に、「負けない人生」と題して、二十回にわたって随筆《ずいひつ》を掲《けい》載《さい》していただいた。それに加筆をし再構成して、今度は潮出版社から単行本が刊行されることになった。

聖教新聞に随筆の執筆を、というお話をいただいたとき、何をどう書くべきかについて考えてみた。

数年前、私は『きっと幸せの朝がくる』という題名の随筆集（二〇一六年八月、講談社刊。後に潮出版社より文庫化、二〇一七年七月刊）を出している。活字になることなど考えもせずに、思いのまま気の向くままに書き留《と》めておいたものを、朝ドラの余勢《よせい》で出版社が刊行してくれた本である。

しかし聖教新聞への掲載となれば、思いのままに勝手に書いた原稿など許されるはずもない。それでは、何をどう書くべきであろうか。そして私には、何が書けるのであろうか。日蓮仏法、創価学会の信心は、人間の外なる神を信じて魂《たましい》が救《すく》われるという観念的な信心とは違う。信心をして、こういういい結果が出たという実証主義、結果主義の信心である。従《したが》って、個人の体験を大切にする。

入会してからの五十八年、私の人生にはさまざまなことがあった。入会の動機は、努力して築《きず》いた家庭が破綻《はたん》し、温室育ちだった私は生きる指針を失《うしな》い、どん底にあった。弱かった私は、自分を日本一不幸な女だと思ったりした。実は「日本一不幸な女」というのは、あまりにも落ち込んでいる私を見た友人が、私のことを評した言葉である。

創価学会に入会して（一九六五年二月二十三日）、私の人生は一八〇度の転換を成《な》し遂《と》げた。もし入会していなければ、恐らく自分の不幸を人のせいにし、人を責《せ》め、恨《うら》んで一生を終えていたかもしれない。入会した私は、懸命《けんめい》に信心に励《はげ》んだ。悲しかったので、家にじっとしていられずに、婦人部（当時）なのに、女子部の会合にまで出席した。

そしてペンの道が拓《ひら》け、池田大作先生、奥様からのたびたびの激励をいただき、大きく境涯《きょうがい》を拓くことができた。諸先輩からも、多くのことを学ばせていただいた。疲れてくじけそうになったときには、同志の温《あたた》かい励ましがあった。入会してからの数々の病気も、すべて信心の功徳《くどく》によって治すことができた。特に数年前の悪性リンパ腫の末期症状の寛解《かんかい》は、奇跡と言えるのではなかろうかと思っている。

奇跡は、もう一つあった。拙著《せっちょ》『小説 土佐堀《とさぼり》川』がＮＨＫの連続テレビ小説「あさが来た」の原案本に選ばれたことである。真剣に信心を貫《つらぬ》いていけば、思いがけない展開が待っている。自分の願い以上の結果を得ることができる。これは私の体験から確信していることである。

不器用な私には、気の利《き》いた随筆は書けそうもないと思った。たとえ下手《へた》な文章でも、これまでの報恩《ほうおん》の気持ちなら書ける。自分の体験ならば書けると思った。

さっそく、私はパソコンに向かい、「負けない人生」の執筆のためにキーを打った。文章は、泉《いずみ》のように次から次へと湧《わ》いてきた。それは信心への思いの文章であった。ここまで私をご薫育《くんいく》くださった師匠・池田先生と奥様への尽きせぬ感謝の文章でもあった。

聖教新聞に掲載された「負けない人生」は全国の皆さまから、絶大なご支援をいただいた。拙宅《せったく》に連日お電話があり、またメールもいただいた。さらにアメリカにいる元学生部のKさんからまで、電子版で読んでいるという電話があった。嬉《うれ》しく、またありがたく思った。

かつてあまりにも不幸だった自分を顧《かえり》み、いま悩み苦しんでいる人がいたら、奮起《ふんき》して宿命《しゅくめい》と取り組んでいただきたい。何としても幸福になっていただきたい。負けない人生を歩んでいただきたいと思う。

そういう願いを込めて、このつたない文章を綴《つづ》った。最後に皆さまのご多幸を心からお祈り申し上げて「あとがき」を終わります。

二〇二二年九月

古川智映子

古川智映子……ふるかわ・ちえこ

一九三二年、青森県弘前市に生まれる。
県立弘前中央高校、東京女子大学文学部卒業。
国立国語研究所で『国語年鑑』の編集に従事。
その後は高校教諭を経て、執筆活動に入る。
著書にＮＨＫ連続テレビ小説「あさが来た」の原案本となった
『小説 土佐堀川』の他、『赤き心を』『風花の城』『一輪咲いても花は花』
『氷雪の碑』『飛鳥Ⅱより愛を込めて』『性転換』『炎の河』
『きっと幸せの朝がくる 幸福とは負けないこと』
『家康の養女 満天姫の戦い』（潮文庫）などがある。
日本文藝家協会会員。
ヴィクトル・ユゴー文化賞受賞。潮出版社文化賞受賞。

負けない人生

2022年11月3日　第1刷発行
2022年11月30日　第7刷発行

著者
古川智映子

発行者
南 晋三

発行所
株式会社 潮出版社
〒102-8110　東京都千代田区一番町6　一番町SQUARE
電話／03-3230-0781（編集）　03-3230-0741（営業）
振替口座／00150-5-61090

印刷・製本
精文堂印刷株式会社

ISBN978-4-267-02370-5 C0095

www.usio.co.jp